Kurt Marti
Zärtlichkeit und Schmerz
Notizen

Luchterhand

Sammlung Luchterhand, April 1981
3. Auflage Dezember 1983

Lektorat: Klaus Siblewski
Umschlaggestaltung: Kalle Giese, Darmstadt
Herstellung: Martin Faust
Gesamtherstellung bei der
Druck- und Verlagsgesellschaft mbH, Darmstadt
ISBN 3-472-61337-8

Dies ist nicht eine Zeit, um irgend etwas zu vollenden. Dies ist eine Zeit für Fragmente.

Marcel Duchamp

Der evangelisch-theologischen Fakultät der Universität Bern als Zeichen meines Dankes.

I
Wo gesprochen wird

Wo gesprochen wird

Erde – kleiner Planet, auf dem, inmitten des bisher alalischen Alls, gesprochen wird.

Ein Gedicht

Seit Jahrzehnten irritiert, verfolgt mich dieses Gedicht von Alfred Mombert:

> Gott ist vom Schöpferstuhl gefallen
> hinunter in die Donnerhallen
> des Lebens und der Liebe.
> Er sitzt beim Fackelschein
> und trinkt seinen Wein
> zwischen borstigen Gesellen,
> die von Weib und Meerflut überschwellen.
> Und der Mond rollt über die Wolkenberge
> durch die gestirnte Meernacht,
> und die großen Werke
> sind vollendet und vollbracht.

1897 publiziert (in Momberts Gedichtbuch »Die Schöpfung«), hat dieses Poem lange vor der Entmythologisierungstheologie einen individuellen Mythos der Entmythologisierung imaginiert. Und lange vor der Theologie des »Atheistisch an Gott glauben« ist in ihm die Erfahrung eines Post-Theismus dargestellt worden. Nach scheinbar festgelegten physikalischen Gesetzen bewegt sich das Universum: ». . . und die großen Werke/sind vollendet und vollbracht.« Nicht mehr in oder über diesem Kosmos ist Gottes »Sitz im Leben«, sondern inmitten von Menschen. Daß keine Priester, Propheten, Zelebranten irgendwelcher Kulte, daß »borstige Gesellen« einer Hafenkneipe als Gottes Tischgenossen erscheinen, mutet evangeliumsnahe an, nimmt zugleich spätere, d. h. heutige Proklamationen einer radikalen Weltlichkeit Gottes vorweg. Gottes Sitz ist nicht mehr der extramundane »Schöpferstuhl«, er befindet sich nunmehr in den irdischen »Donnerhallen des Lebens und der Liebe«, ist der Platz in der Runde derer, die menschliches Leben und Lieben erzählen. Die Schöpfungsworte sind gesprochen, die Schöpfungstaten vollbracht, jetzt hört der Schöpfer jenen zu, denen er Leben, Liebe, Sprache gegeben hat. Obgleich das hier durchschimmernde Verständnis von Schöpfung und Schöpfer nicht das meine ist, glaube ich in dieser Gottesfigur, die ihre Macht loslassen, sich unter Menschen »fallen« lassen kann, eine verfremdete Version der christlichen Inkarnationslehre erkennen zu können. Ist – ferner – die Verwandlung des wortmächtigen Schöpfers in einen Zuhörer seiner Geschöpfe vielleicht eine Metapher, die sowohl die Sprachlosigkeit des Alls wie auch das Schweigen Gottes im Kreise jetzt redender Menschen zu deuten versucht? Wie immer: Momberts Gedicht irritiert, verfolgt mich. Seine Bildhaftigkeit ist so außergewöhnlich, zugleich so selbstverständlich, wie nur Traumbilder dies sein können. Ist hier möglicherweise – bereits Ende des letzten Jahrhunderts – der Gottestraum unseres Jahrhunderts geträumt worden von einem Mann, in dessen Unterbewußtsein eine Ahnung davon dämmerte, wie extrem einzig, winzig und einsam die sprechende, denkende, träumende Gattung Mensch im Kosmos ist?

Lesart

Können wir den Makrokosmos anders denn als einen Text lesen, dessen Skopus (Ziel) der Mikrokosmos ist?

Anderswo

Ein Anderswo? Nur müßte es noch einmal anders sein als man es sich vorgestellt hat, d. h. nicht im Weltraum draußen, denn dieser ist ohne Sprache. Weder kommen Anrufe noch Antworten von dort. Zahlen, Zahlenverhältnisse, ja! Aber »das Wort«, das Gott oder Gottes ist (Johannes 1, 1)? Das hat ein anderes Anderswoher.

Alltanz

Geschmeidige Tänzerinnen schwenken ihr langes Haar als Fahnen ihrer selbst, schwingen es mit dem ganzen Körper im Kreis, schleudern es in Nacken und Rücken zurück, werfen es wieder nach vorne über ihre Gesichter: irdische Schwestern Shaktis, der kosmischen Tänzerin, die das Gewebe der Welt zusammenhält.

Vater der Lüge

»Vater der Lüge« wird der Teufel im Johannesevangelium genannt (8, 44). Sein Wirkungsfeld sind nicht, wie der Geist-Leib-Dualismus meint, die Körper. Die Körper lügen nicht. Lüge ist Geist-Tat, Sprach-Tat, gegen die der Körper sich zuerst wehrt (durch Erröten, Stottern usw.), an die er sich dann gewöhnt, durch die er schließlich zerstört wird. Der Vater der Lüge ist hierbei der dialektische Zauberer par excellence, bleibt doch alles an ihm, auch seine Existenz, Lüge. So ist er buchstäblich nichts – nichts als eine poetische Personifikation des Nichts, dessen alltägliche Prosa Lüge heißt.

Herr Aufrecht

Gesichtszüge lügen, wenn überhaupt, weniger als Gesten, Gesten weniger als Worte. Sprache kann, bei konsequentem Verfahren, zu einem perfekten Lügensystem entwickelt werden. Hierfür ein lehrreiches Beispiel ist mir Herr Aufrecht. Er lügt mit einer Robustheit und Konsequenz, gegen die kein Kraut zu wachsen scheint. Mich erschreckt nicht so sehr Aufrecht, mich erschrecken die Zahllosen, die ihn allen Ernstes für eine moralische Kraft im Lande halten. Sie alle, honorige Bürger, beweisen damit, wie leicht, wie rasch Lüge an die Macht kommen und System werden kann.

Im Bus

Ich komme im Bus neben jemanden zu stehen, der mich begrüßt, mich fragt: Wie geht es Ihnen? Da wir inmitten vieler Leute stehen, ich zudem an der übernächsten Haltestelle aussteigen will, kann ich nur lügen: Gut. Oder – was schon recht kühn wäre –: Nicht so gut. Der Wahrheit am nächsten käme wohl die Antwort: Ich weiß es nicht. Doch ließe mich dies im Urteil des anderen als geistreichen Mann, als Witzbold womöglich, erscheinen, was mir nicht bloß zuwider wäre, sondern der Wahrheit keineswegs entsprechen würde. Erwartet der Frager von mir überhaupt genauen Bescheid? Nein, er fragt, weil er ein freundlicher Mitmensch ist oder sein will. Ich möchte ihn nicht verwirren, betrüben durch Versuche, meinen momentanen Halb-Halb-Zustand annähernd richtig zu schildern. Also lüge ich: Danke, mir geht es gut. Tat für Tag lügt man auf diese oder eine ähnliche Weise, um sich und den andern das Leben leichter, bequemer zu machen. Nach und nach summieren sich alle diese Freundlichkeitslügen, die das Leben angenehmer machen, zur Lebenslüge, die das Leben nicht nur unangenehm, sondern unerträglich machen kann.

Logik

Überall lauern Menschen, Institutionen darauf, uns fertig machen zu können, falls wir eines Tages verrückt, d. h. der Normalität des Lügens überdrüssig werden sollten. Das hat zur Folge, daß wir, um überleben zu können, lügen müssen. Just deswegen aber, weil wir lügen und weiter lügen müssen, werden wir nicht überleben können. Das ist kein Paradox, das ist die Logik des Nichts.

Münchhausen

Lügen gibts, die so schön, so phantastisch und spannend sind, daß es jammerschade wäre, wenn sie nicht erzählt worden wären – Triumph der Ästhetik über die Ethik.

Lügenplanet

Erde – Planetchen, auf dem, inmitten der Wahrheit des Alls, gelogen wird.

Grammatik

Noch der Vorsatz, aufrichtig zu sprechen, zu schreiben, bedient sich der Grammatik eingebürgerter Unaufrichtigkeiten.

Tänzerin

»Sie ist fest im Körper drin«, lobte ein Ballettomane die Tänzerin. Wir andern leben im Körper wie ohne Halt oder neben ihm her. Auch das erzeugt Lügen.

Gestrig reden

Sogleich formulierbar ist immer nur, was bereits formuliert ist: Wirklichkeit von gestern. Jetzige Wirklichkeit ist darüber hinaus, darüber hinweg gewuchert. So geschieht es, daß wir meist gestrig reden – was nicht lügen, aber auch nicht die Wahrheit sagen heißt.

Somatomorph

Sprache, so lange sie umgänglich, d. h. nicht mathematische Formelsprache ist, bleibt am menschlichen Körper orientiert, an dessen aufgerichteter Haltung (z. B. im Gebrauch der Hinweiswörter »oben« und »unten«), ist also anthropozentrisch, somatomorph bis in jedes beliebige Satzglied.

Fauler Leser

Gefragt, weshalb er schreibe, gab er zur Antwort: Weil ich zu faul bin zum Lesen. Ein Buch, das zu lesen ich Lust haben könnte, schreibe ich mir. Ist es geschrieben, brauche ich's nicht mehr zu lesen.

Täuschende Genauigkeit

Ob Prosa, ob Gedicht: genau soll es sein! Die Schwierigkeit, oft unüberwindlich, besteht darin, daß meist nur Ungenaues, Diffuses, Dunkles zum Schreiben reizt. Verführt von Genauigkeitsclichés, wie jede Sprache sie mit sich führt, gerät man bald in Gefahr, Ungenaues genauer als wahrgenommen zu formulieren und fängt so an, auf täuschend genaue Art ungenau zu schreiben – anstatt genau am Ungenauen zu bleiben.

Warum

Warum schreiben Sie? Auf diese Frage kann ich in zwei Varianten nur immer diesselbe Anwort geben:

a) Ich folge einem Schreibtrieb.

b) Ich leide an einem Schreibtrieb.

Was sonst noch an Erklärungen, Begründungen, Rechtfertigungen vorzubringen wäre, sind Halbwahrheiten a posteriori.

Der Autor und die Leser

Ich schreibe, also bin ich. Ich werde gelesen, also bin ich nicht allein.

Leserschaft

Leser: die Société Anonyme eines Autors.

Sinnlicher Akt

Immerzu tut man dergleichen, als lese ein Mensch direkt mit seinem Geist. Irrtum: Wir lesen mit den Augen, mit Sinnesorganen. Lesen ist zunächst ein sinnlicher Akt: Einer der seltenen Prosaautoren, die das begriffen haben, ist Arno Schmidt.

Leseweisen

Man müßte auch mit dem Körper lesen und Lesen müßte das Verhalten des Körpers beeinflussen können. Mindestens wären Autoren denkbar, die ihrem Buch oder den einzelnen

Kapiteln eine Anweisung vorausschicken würden, in welcher Körperlage oder Körperhaltung sie den Text zu lesen empfehlen.

Wirklichkeit

A: Warum schreiben Sie, wenn Ihnen, wie Sie sagen, Schreiben so schwerfällt?

B. Die Unwirklichkeit des Schreibakts, frappant, sobald mir das Wörtlein »wirklich« in einem Satz unterläuft, ist meine Methode, mit der ich nach der Wirklichkeit fahnde, deren Steckbrief das allerwärts Sicht- und Erlebbare ist.

A: Eine Art Detektivarbeit, wenn ich Sie recht verstehe?

B: Detektivarbeit nur, falls die gesuchte Wirklichkeit verbrecherisch wäre.

A: Ist sie dies, Ihrer Meinung nach, nicht?

B: Zwar halten Gnostiker sie für das Werk eines bösen Demiurgen. Ich möchte das aber nicht hoffen. Wonach ich fahnde ist ein Alibi, das den Steckbrief, den die Erlebniswelt der Wirklichkeit glaubt ausstellen zu müssen, gegenstandslos macht.

Dichter

Vielleicht hält Gott sich einige Dichter (ich sage mit Bedacht: Dichter!), damit das Reden von ihm jene heilige Unberechenbarkeit bewahre, die den Priestern und Theologen abhanden gekommen ist.

Insofern erfolglos

Schreiben: vergebliche Versuche, von mir Besitz zu ergreifen.

Unheiliger Sisyphus

Julinachmittag, wolkenlos. Dichtzweigig bewegen sich Büsche in immer der gleichen Richtung, verreisen, ohne fortzukommen, unter der leichten Brise nach Westsüdwest. Gegenüber, im Mansardenfenster, hat ein Mädchen den Kopf in die auf dem Sims verschränkten Arme gelegt. Langbraunes Haar hing als Fahne ins Freie. Jetzt scheint es getrocknet und luftig genug. Das Mädchen richtet sich auf, die Fahne schwingt in den Nacken zurück, das Fenster ist leer. Ich tippe auf meiner Hermes 3000 der Firma Muggli & Co. in Bern. Ich schreibe, also bin ich. Von neuem erscheint das Mädchen im Fenster, tanzend jetzt, ich höre Musik. Sie rollt die Schultern, bewegt die Arme, flüchtig erst, dann eckiger, heftiger vom Rhythmus ergriffen. Tanzt eine Weile so, wendet sich dann unvermittelt ins Dunkel des Zimmers zurück. Ist Besuch gekommen? Schellte das Telefon? Nur noch der harte, der heulende Rock. Und wieder Muggli, Marti, der Typenschlag auf weißes Papier, Zweifingersystem. Ich schreibe, also bin ich. Käme sie bloß nicht wieder ans Fenster getanzt, ihren Oberkörper, die angewinkelten Arme bewegend, die Haarfahne schwingend. Schreibe ich vielleicht, weil ich *nicht* bin? Und dann, nach der Lesung, steht lässig ein junger Kerl auf und fragt: »Ich glaubte, Sie seien ein engagierter Autor. Also, wo bleibt in dem, was Sie lasen, das Engagement?« Unheiliger Sisyphus, bitte für uns.

Das Gebet aus FW

»Finnegans Wake« von James Joyce: kaum zu übersetzen offenbar. Gepriesen sei Arno Schmidt, der in »Der Triton mit dem Sonnenschirm« als Probe einer möglichen »Entzerrung ins Deutsche« ausgerechnet ein Gebet vorlegt:
»Oh HErr, erhör' die winz'je Bitt' von jedwed Diesigem, von diesen Deinen Unerleuchteten! Gewähr uns Schlaf;

wenigstens nach 1 Stunde Wachliegen, oh HErr!
Daß sie sich nicht erkälten, Nichts von Scheiß Mord schlafreden. Daß sie nicht wahnsinnig werden. Wieichesfürchte. :HErr, überhäuf' uns selbst mit Miseren; unsere Kunstwerke aber umwind' mit Gelächter-Girlanden! ...«

Et voilà

Literatur: permanenter Einspruch subjektiver Erfahrungen gegen die Diktate und Vorurteile »objektiver« Ideologien.

Happy few

Wer schreibt, denkt nach: über sich selbst, über die Welt, über seine Arbeit. Wer schreibt, ohne kritisch vor- und nachzudenken, disqualifiziert sich als Autor. Leider bedeutet dies: der qualifizierte Autor ist ein sozial Privilegierter. Was nichts gegen den Autor, wohl aber gegen die Gesellschaft sagt, in der zweckfreie Bildung und kritische Reflexion ein Vorrecht Weniger bleiben. Wer täglich acht Stunden lang ein Punktschweißgerät bedient, hat dieses Privileg nicht. Nachdenken würde den Produktionsvorgang verlangsamen, den Nachdenkenden physisch gefährden. Um nachdenken, kritisch reflektieren, gar schreiben zu können, muß man von bestimmten Zwängen befreit bleiben, denen andere unterworfen sind. Gewollt oder ungewollt gehört darum der Schreibende zu einer privilegierten Elite. Das determiniert alsbald auch seine Schreibweise. Er kann sein Nachdenken, das zu verfeinern, zu komplizieren, zu verschärfen seine privilegierte Stellung erlaubt und gebietet, nicht verleugnen, ohne dadurch seine Identität als Schriftsteller preiszugeben. So sieht auch er sich einem berufsspezifischen Zwang unterworfen, dem er sich nicht entziehen kann, obgleich er durch ihn in die Isolation gerät. Will er nämlich seine Identität als

Autor wahren – etwas anderes wäre intellektueller Suizid –, so verspielt er fast unvermeidlich das Interesse derer, für die er auch, vielleicht vor allem schreiben möchte: das der Punktschweißer, Akkordstanzerinnen, Lastwagenchauffeure, Kanalisationsarbeiter usw. Diese halten sich in der Regel an Zerstreuungsliteratur, werden aus begreiflichen Gründen Kunden jenes Literaturmarktes, der ihre Verdummung betreibt. »Gehobene Literatur« bleibt diejenige einer arrivierten, sozial »gehobenen« Schicht. So isoliert Schreiben den Autor: er schreibt für die oder um deretwillen, die ihn nicht lesen werden und gegen jene, die ihn vermutlich lesen können. Besser hat's, wer von vorneherein nur für eine Elite schreiben *will*: »La seule chose qui compte, c'est l'amour de quelques-uns, ›the happy few‹.« (Adrienne Monnier) Der bewußt elitäre Autor darf sich sogar, mit Baudelaire, das Nicht-verstanden-werden als Ruhm anrechnen. Und warum, bitte, auch nicht? In der hochmütigen Verachtung konventioneller Lesebedürfnisse, sozial gesteuerter Erwartungshaltungen, vorprogrammierter Verstehensformen steckt vielleicht in der Tat das Neue, die Innovation, die die Marktgesetze verhöhnt und durchbricht. Dieses Durchbrechen und Zerstören bisher sakrosankter Zwänge und Erwartungen könnte eines späteren Tages auch gesellschaftlich relevant werden. Allerdings ist das eine Spekulation à longue terme, auf Zukunft hin. Wer sie wagen will, müßte glauben können, daß es Zukunft (noch) gibt. Das freilich ist gerade Nachdenkenden fraglich geworden, so daß die Ratlosigkeit des Autors, der sich vom Nachdenken – das auch Voraus-Denken ist! – nicht dispensieren kann, bleibt.

Tägliches Pensum

Während erbittert über bürgerlichen und sozialistischen Realismus gestritten wurde, dachte er friedlich einem Bildtitel nach: mundus est fabula (von Max Ernst: Die Welt ist eine Fabel).

Geschwätzigkeit

Wörter, Sätze, zurückgeholt ins Schweigen, erst viel später, wenn überhaupt, wieder aus ihm entlassen, verwandelt jetzt – das fehlt immer mehr. Selbst Gedichte, Meditationen sind geschwätzig geworden und fügen sich dem Gebot, daß Menschen, Waren, Wörter rasch zirkulieren sollen.

Moralisten

Moralisten, die etwas taugen, sind es mit Unlust, denn Moralist sein verdirbt den Charakter. Noch mehr freilich wird dieser geschädigt durch eine Moral, deren Verlogenheit zu entlarven die Aufgabe von Moralisten bleibt.

Antithetisch bleiben

Aphoristik ist eine Möglichkeit, in Antithesen zu denken, ohne sich sogleich zu Synthesen verführen zu lassen. Mit Synthesen beginnt der Schwindel und, schlimmer, der Terror der Systeme. Der Aphorismus ist eine antihegelianische Form.

Nicht sehr heilige Sebastiane

Nicht sehr heilige Sebastiane sind Aphoristiker meist: sie ziehen die Pfeile aus ihrem Fleisch und schleudern sie in dasjenige der Schützen zurück. Verwundet verwunden sie ihre Verwunder, sterben jedoch länger.

Lebensziel

Die schlechtesten Aphorismen sind es nicht, die davon träumen, auf Kalenderzetteln zu enden.

Nomen est omen

Der große Lichtenberg = ein großer Lichter-Berg! Das funkelt, blitzt bis in die verzweigtesten Höhlengänge, bis in halb schon verschüttete Schächte hinein.

Kritik I

Die Kritik der Autoren an der Kritik ihrer Kritiker ist nachgerade so belanglos geworden wie diese.

Kritik II

Dennoch: Die Zahl ignoranter Schnösel, die in Kulturredaktionen Einsitz nehmen und als Rezensenten-Päpstlein flott zu dekretieren beginnen, nimmt, so scheint mir, zu. Im Unterschied zum richtigen Papst haben sie von Tradition, von literarischer in diesem Fall, oft wenig Kenntnis. Man könnte sie nennen: Ignorantius I., Ignorantius II. undsofort.

Manche Germanisten

An toten Autoren turnen sie, wie in Bäumen die Affen, behende zur Krone der akademischen Lebensstellung empor.

Schriftstellertreffen

Hier unter Kollegen darf jeder Autor sich ungezwungen bewegen: keiner hat die Bücher des andern gelesen.

Ventil

Als seine Phantasie sehr gelobt wurde, winkte er unmutig ab: nichts als ein Ventil meiner gut funktionierenden Verdrängungsmaschine.

Sauerstoff

Eine »übervölkerte, abführende Kunstform« hat Hugo Ball den Roman genannt. Dennoch ist das Publikum süchtig danach, sind die Verleger scharf darauf. Wie viele Wälder haben schon abgeholzt werden müssen, um alle diese schlechten oder weniger schlechten, fast immer umfangreichen Romane auf Papier drucken zu können? Poesie ist umweltfreundlicher, weil papier- und bäumesparend. Nicht ihretwegen wird es uns einst an Sauerstoff mangeln.

Sound

Stefan Georges Ausgangspunkt war eine eigene, von ihm in der Jugend imaginierte Sprache von mediterranem Wohllaut: »CO BESOSŌ PASOJE PTOROS/CO ES ON HAMA PASOJE BÔAN.« (»Ursprünge« in »Der siebente Ring«) Diese zwei Zeilen verraten den »Sound«, der in George war, den seine Gedichte selten zu realisieren vermochten. Aber vielleicht ließe sich Ähnliches, hätte man bessere Kenntnis, auch von anderen Dichtern sagen?

Ursprache

Immer wieder der Traum von einer universalen Ursprache, die (z. B. als die adamische Sprache Jakob Boehmes) wieder zu finden oder neu herzustellen wäre (V. W. Chlebnikow). Da aber die bisherigen »Weltsprachen« immer diejenigen einer Imperialmacht waren, ist zu befürchten, daß eine Universalsprache, das Entstehen einer universalen Imperialmacht *begünstigen* könnte.

Nachbarlich

Die Schweiz hat vier Literaturen: eine deutsch-, eine französisch-, eine italienischsprachige und eine räto-romanische. Die Autoren dieser vier Sprachgebiete kennen sich nicht sehr gut, lesen die anderssprachigen Bücher der Kollegen kaum, tun deshalb einander weder wohl noch weh, bleiben voneinander wenig bis überhaupt nicht beeinflußt. Diese Unkenntnis hat ihr Gutes, hält sie doch eine wohlwollende Neugier wach, die nicht enttäuscht werden kann, weil ihr Stillungsdrang denn doch zu schwach bleibt.

Irrtum Sprache

Wo gesprochen wird, wird auch gelogen, wo geschrieben wird, auch gemogelt. Ist Sprache, wie Marcel Duchamp behauptet hat, »ein Irrtum der Menschheit«? Ist sie gar, wie Seume schimpfte, »das beste Handwerkszeug der despotischen und geistlichen Gaunerei« und insofern eine Erfindung Satans? Dann vielleicht Musik und Tanz? Dann vielleicht Schweigen?

Mitleid

»Wer Mitleid fühlen will mit einem Europäer, muß ihn tanzen sehen.« (Afrikanischer Christ über seine weißen Brüder)

Theater

Die Redewendung von den »Brettern, die die Welt bedeuten« verwandelt Parkett und Ränge in einen Olymp, von dem aus das Publikum, ähnlich wie vormals Zeus/Jupiter, sich am Lust- und Mordspektakel der »Welt« delektiert. Die Götter der Antike wollten unterhalten sein; nicht anders Fritz und Marie Jupiter heute im Theater.

Zuschauer gibt es nicht

Die Vorstellung eines Welttheaters mit Gott und eventuell seinem himmlischen Hofstaat als Zuschauern reproduziert ein monarchisch feudales Weltbild, vor allem behauptet sie eine erhabene Distanz Gottes zum irdischen Leiden. Diese erhabene Distanz zum Leiden ist immer schon ein Wunschtraum sterblicher Menschen gewesen, den sie auf unsterbliche Zuschauergötter oder in die erhoffte Zukunft eigener Unsterblichkeit und Schmerzlosigkeit projizierten. Mit dem christlichen Gott hat diese Vorstellungsweise nichts zu schaffen. Sein Verhältnis zur Welt ist bestimmt durch den Schmerz seiner Liebe. »Der Schmerz Gottes ist der tiefste Hintergrund des geschichtlichen Jesus. Ohne diesen Hintergrund haben alle Lehren über Jesus keine Tiefe.« (Kazoh Kitamori) Den Schmerz Gottes bezeugt zentral die Hinrichtung auf Golgatha, wo »die Welt« schließlich nur mehr zuschaut und – im öffentlich zu Tode gefolterten Jesus – Gott das Drama ist. Ist Gott aber das Gegenteil eines

Zuschauers, so wird die Position dessen, der Gott zuschaut, ebenfalls eine unmögliche, irreale, trotz unserer Versuche, gerade diese Position einzunehmen und zu halten. Auch die Zuschauer der Agonie Jesu waren nicht, was sie zu sein meinten, nämlich eben: Zuschauer. Sie waren, wie es die evangelischen Zeugnisse darstellen, Betroffene, Beteiligte, Akteure. Gerade der Schmerz Gottes, gerade Golgatha zeigt: den Zuschauer Gott gibt es so wenig wie den Zuschauer Gottes. Deshalb dulden die Auferstehung Jesu und seine Erscheinungen danach keine Zuschauer im theatralischen Sinn dieses Wortes. Wer dem Auferstandenen begegnet, stirbt als Zuschauer Gottes, um als dessen Zeuge und Akteur zu auferstehen. Das lange anhaltende Mißtrauen des Christentums gegenüber dem Theater wird von da her verständlich. Es richtet sich (zum mindesten *auch*) gegen die Rolle und Haltung des sich nicht engagierenden Zuschauers. Ein christlicher Wand- und Warnspruch in Zuschauerräumen und Theaterfoyers, als Kleber auch für Fernsehapparate zu empfehlen, müßte lauten: »Zuschauer gibt es nicht.«

Spektakel her!

Weich gepolstert sei der Sitz, wo ich bequem in den Wonnen des Zuschauens, des behaglichen Voyeurismus schwelgen kann! Ich rutsche vor, lehne zurück, mich entspannend, mich zerstreuend nach dem Streß des Wie-alle-Tage-Tages: hereinspaziert ihr Schelme, Detektive, Flamingos, Tänzer, Akrobaten, Radfahrer, Rockgruppen, Clowns, Elefanten, Hannibals, Napoleons, Balinesinnen, Liebespaare, Boxer, und was immer bunterdings lebt! Handlung, Spannung, Ablenkung für uns Gehandelte, Gespannte, Gelenkte!

Theater J. Calvin

Bühnenstücke können wohl aufgeführt, nicht aber, im genauen Sinne des Wortes, »gespielt« werden. Ihr Ablauf ist determiniert, ihr Ausgang steht fest. Kennzeichen des Spiels ist sein nicht voraussehbarer Ausgang. Fußball ist Spiel, Theater nicht. Hier ist die Partie von Anfang an entschieden, dort bleibt sie bis zum Schlußpfiff des Schiedsrichters offen. Der Schutzpatron unserer ehrenwerten Theater heißt Johannes Calvin. Die Welt der Bühne ist, von Details abgesehen, eine prädestinierte.

Komödie

Nichts ist ernst, alles ist schrecklich: das ist die Botschaft guter Komödien.

Bleibendes

Bleibendes wünschen von der Kultur vornehmlich Repräsentanten ökonomischer und politischer Praktiken, die mit blindem Eifer dafür sorgen, daß nichts bleiben wird.

Kultur

Dünnhäuter sind Dickhäutern ein Dorn im Auge, ihre Verletzlichkeit erregt Verdacht. Im Geschäftsleben taugen sie wenig. Unter Musikern, Malern, Dichtern sind sie übermäßig vertreten, obgleich es, man täusche sich nicht, robuste Dickhäuter auch hier gibt. Leider ist Dünnhäutern nur selten zu helfen: partout und märtyrersüchtig tragen sie ihre Haut zu Markte, was zum Ärgernis wird, wenn unbescholten Normale dadurch in Verwirrung geraten. »Was ist die

Haut, daß sie sich fürchtet?« (Franz Wurm) – wer so fragt, dem dürfte nicht wohl sein in der eigenen Haut. Dickhäuter aber sind zufrieden mit sich. Sie wehren sich ihrer Haut, verkaufen sie so teuer wie möglich, ziehen, wenn's sein muß (und das muß es oft), lieber andern die Haut über beide Ohren oder vom Leibe. Jedenfalls tun sie ihr Bestes. Deswegen wohl findet sich unter ihnen manch eine lustige Haut, sitzt man nach Feierabend gemütlich beisammen. Träumen nicht die meisten Dünnhäuter nur davon, in die Haut von Dickhäutern schlüpfen zu dürfen? Neidische Neurastheniker allesamt, mit dem schlechten Gewissen derer, die wissen, wie sehr sie im Unrecht, sogar in Ungnade sind, läßt die Beschaffenheit unserer Welt doch auf ein höchstes Wesen schließen, dessen Haut unermeßlich dick ist, Leviathanshaut sozusagen. O ja, Dickhäuter sind religiös, sie halten sich emsige Theologen, beredte Prediger, die unentwegt beweisen und verkünden, daß der Höchste die dickste Haut hat, die es überhaupt gibt. Vor ihm werfen Dickhäuter sich nieder. Dennoch setzen sie hie und da einem Dünnhäuter, der längst aus seiner Haut gefahren ist, nachträglich ein Denkmal und nennen diesen Vorgang Kultur.

Körperkultur

In Deutschland existiert, als ein spezieller, der Begriff »Körperkultur«. Wie wenn Kultur nicht immer auch Körperkultur wäre: Wie wenn sie überhaupt entstehen könnte ohne den Körper des Menschen, diesen rastlosen, hochentwickelten Austauschprozeß zwischen Außen und Innen, zwischen Gesellschaft und Ich, zwischen Natur und Geist! So sehr ist menschliches Leben – auch kulturelles, religiöses usw. – körperhaft, daß es fast schon verzeihlich ist, wenn manche sich auch Gott nie körperlos zu denken vermögen.

Katzenaugen

Der Kosmos, meint Teilhard de Chardin, ziele auf »die Hervorbildung vollkommener Augen«. Die Augen der Katze scheinen solcher Vollkommenheit in einem Punkte schon näher gekommen zu sein als die unsrigen, denn sie vermögen durch das Dunkel der Nacht zu sehen, aber auch geradeaus in die Sonne zu blicken.

Finsternis

Daß das Weltall finster, daß es SCHWARZ sei, mache ihm Angst, vertraute ein alter Mann mir an. Meine Einfühlung ließ mich im Stich. Mir ist die Finsternis des Alls schnuppe. Ich habe nicht die Absicht, astronautische oder postmortale Ausflüge dorthin zu unternehmen.

Irdischer Patriotismus

Wer behauptet, unsere Zukunft liege im Weltall, wer gar noch religiöse Hoffnungen auf mirakulöse Bewohner ferner Gestirne setzt, narkotisiert sich selbst und will es auch mit uns tun. Wie die Erde für den Menschen ist der Mensch für die Erde da. Hic terra, hic salta! Mag das All auch immer erforscht und erkundet werden, ein neuer Sinnhorizont für unser Leben zwischen irdischer Geburt und irdischem Tod öffnet sich dadurch nicht. Unser Existenzgefühl bleibt geozentrisch. Dem kosmischen Heilsgefasel von Technokraten und Science-Fiction-Schwärmern setzt es irdischen Patriotismus entgegen, der Neugier und Interesse für den Kosmos nicht ausschließt, sie aber in den Schranken wissenschaftlicher und/oder touristischer Unternehmungen hält.

Wie gesprochen wird

»Die Kornfelder feiern Gott. Der Mond strahlt. Ich sehe fünf Dörfer.« (Charles-Albert Cingria)

Näher

Der Blick ins All hinaus lehrt: es kräht kein Hahn nach uns. Das Geheimnis ist anderswo, ist näher als das Hemd, das wir tragen. »Das Ich, das Ich ist das tief Geheimnisvolle.« (Ludwig Wittgenstein) Mein Ich; das Ich meiner Du's; das Ich der vielen, die *meine* Du's zu nennen übertrieben wäre; das Ich jenes Du's aller Ich's, das genannt worden ist: der »Ich bin« (2. Mose 3, 14). Ist die Erde der besondere Ort, wo im unermeßlichen All des »Es ist« gelebt, gedacht, gesagt werden kann: »Ich bin«?

Aristides von Athen

Eine rätselhafte Möglichkeit der Sprache ist das Gebet. Wo sie, wie z. B. im Marxismus fehlt, fehlt bald noch mehr, noch anderes als das Gebet allein. Ist unsere Erde ein Planet, auf dem inmitten der strengen Gesetze des Alls Gebete Freiheit behaupten? Freilich, das kosmische Schweigen, dessen wir inne wurden, steckt an. Als erste erkranken, erlahmen, verstummen Gebete. Wie aber, falls gerade sie, diese Antwortversuche auf einen nicht zu ortenden Anruf, diese Bittsignale durch das Unerbittliche hindurch, die verwunderliche Existenz der Menschheit bisher gerechtfertigt hätten? Mit Bewunderung und Befremden gedenke ich des heilig verrückten Aristides von Athen, der Kaiser Hadrian einst wissen ließ: »Ich hege keinen Zweifel daran, daß nur durch das flehentliche Gebet der Christen die Welt noch fortbesteht.«

II

Schon wieder heute?

Morgen

Erster Gedanke nach dem Erwachen: Schon wieder heute?

Sonne

Die uns sehen läßt ist selber blind.

Vorschrift

Du sollst jederzeit wissen, der wievielte welchen Monats es ist und wieviel Uhr mitteleuropäischer Zeit wir haben.

Herkunft

Doch, ich erinnere mich genau. Ein Tempel, nach allen Seiten hin offen. Auf seiner Zinne hockte ein riesiger Vogel, etwas wie Neugier in marmelklaren Bernsteinaugen, die nahezu unbeweglich blieben. Von da her komme ich.

Höhlenspiel

Wieso erwarten wir immer wieder, was längst schon eingetreten ist, als müßte es erst noch geschehen?

Körperverteidigung

Auch durch die lange Nacht hindurch hat mein Körper mich unaufgefordert und erfolgreich gegen die Angriffe der Bakterien und Mikroben, gegen Zerfall und Fäulnis verteidigt. Was verspricht er sich von mir?

Folie divine

Gott? Jener Große, Verrückte, der noch immer an Menschen glaubt.

Droge

Alltag, gefährlichste Droge, von keinem Betäubungsmittelgesetz verboten.

Gefälle

In kugelrunder Routine roll' ich tagab.

Swiss made

Die Zufälle lieben: wäre das die wünschbare Lebenskunst? Ihr handeln wir nach Plan und Regel zuwider. Schon sind uns die Armbanduhren Körperorgane geworden.

Im Simulator

Und wieder das Gefühl, im Simulator meines eigenen Lebens zu sein. Aber bitte, es geht mir recht gut dabei, fast besser als ohne dieses Gefühl.

Modus

Als wäre Leben ein Kino, wo jeder sein eigener Notausgang ist.

Medien

Hie und da unbekannte Gesichter, durch die bekannte mich grüßen.

Mann von der Strasse

Minutenlang starrt ein älterer Mann auf das vor ihm liegende Straßenstück, als wolle er es hypnotisieren. Oder sieht er etwas ganz anderes als die Straße? Durchziehen Vergangenheiten, Zukünfte, vertraute Tote, fremde Fürsten, Wetterengel, Kondore sein Gehirn?

Konjugation

Die Konjugation hat recht: ohne Ich kein Du, kein Er, keine Sie usw. Nichts ist, wo nicht Ichs sind.

Widerstand

Jeder Terror rechtfertigt sich mit objektiven Notwendigkeiten. Um so mehr gilt es, unbeirrt subjektiv zu sein.

Westwind

Die Landschaft ordnet sich um. Oben, am Rande des Kuppenwaldes, wartet ein Traktor. Die Wolken wurden zusammengeschoben. B. sitzt nun im Städteschnellzug nach Genf. Bald wird der Westwind seinen atlantischen Regen herbeigeschafft haben. Zufällig bin ich hier, von wo ich mich wieder wegzudenken versuche. Hirnspiel und erste Regentropfen. Wer weiß, ob Subjektivität nicht eine – doch wessen? – Posse ist?

Wünsche

Wie, wenn Wünsche nicht fertig werden, wenn der Tod ihnen zuvorkommt? Und doch wäre dies das geringere Übel. Trauriger ist's, wenn die Wünsche fertig sind, aber der Tod nicht kommen will.

Tod im Topf

Daran, daß wir für andere wie für uns selbst nicht eingelöste Versprechen sind, sterben wir auch.

Das Besondere

Immer nur flüchtig erscheint das Besondere am Rand des Alltäglichen: just im Augenblick, da du abfährst, ans Telefon geholt wirst oder vor Arbeit nicht weißt, wo dir der Kopf steht – Sekunde, Flügelschlag, aus! Hättest du später dann Zeit, so bleibt es weg. Nie will es erwartet sein. Unvermutet erscheint es, dir ungelegen, stets ungeduldig: jetzt oder nie! Also fast nie. Die Ordnung der Pflichten bleibt undurchlässig für diesen Clown oder Engel.

Seligpreisung

Selig die Ornithologen! Bald werden auch sie den Boden unter den Füßen verlieren, sich leicht in die Lüfte erheben oder auf Bäumen und Dachfirsten hocken mit ihren gefiederten Freunden.

Arroganter Wirklichkeitsbegriff

Was soll der Vorwurf, daß jemand ein gestörtes Verhältnis zur Wirklichkeit habe? Als wäre Wirklichkeit etwas anderes als auch das gestörte Verhältnis mancher zu ihr.

Lehrzucht

Zu allen Zeiten haben die herrschenden Schichten bestimmt, was als Wirklichkeit geglaubt werden soll, nämlich in summa die eigene Herrschaft. Mit dem Anathema »wirklichkeitsfremd« werden jene als Ketzer verdammt, die es wagen, das jeweils geltende Wirklichkeitsdogma zu leugnen.

Entordnung

Oft laufen mir Überzeugungen wortlos davon. Behaglich und vielversprechend breitet sich der anarchische Reichtum der Unordnung wieder aus.

Appell

Plötzlich übt die Materialität der mich umgebenden, oft kaum noch wahrgenommenen Dinge einen derart wilden Zauber aus, daß der davon ergriffene Geist in introvertierte Ekstase gerät, wie willenlos und doch so wach, ja überwach wie sonst selten.

Stuhl

An den Punkt gelangen, den Robert Schürch, der Maler, mit dem Satz bezeichnet hat: »Stellen Sie sich einen Stuhl in einem leeren Zimmer vor, das ist für mich kaum zu ertragen, das ist so schön und so furchtbar zugleich.« An diesen Punkt gelangen, wo alle Geschehnisse, Bedeutungen, Gefühle sich nur noch in einem einzigen Gegenstand und in der Leere, die ihn umgibt, materialisieren.

Meer

Vielleicht entsprang der Geist Ekstasen der Materie, in denen diese aus sich selber heraustrat?

Gegenstände

Noch verraten auch industriell gefertigte Gegenstände hie und da etwas wie Liebe, die bei ihrer Herstellung mit im Spiel gewesen sein muß. Das Bedürfnis des Arbeiters, das zu lieben, was er herstellt, ist ebenso groß wie meistens mißbraucht (von denen, die Profit daraus schlagen). Das nicht weniger starke Bedürfnis, Gegenstände zu lieben, mit denen man täglich umgeht (Möbel, Geschirr, Geräte usw.) wird wohl von der Werbung, nicht aber von der christlichen Lebensweisung angesprochen. Die Sprache der Gegenstände findet in der Theologie kein Gehör. Daß Gegenstände gar Medien der Erleuchtung werden können, erregt Verdacht. Einer entsinnlichten Theologie leuchtet der Waren- und Wegwerfcharakter der Gegenstände weit besser ein. Dagegen Jakob Böhme: als sein Blick auf ein im Sonnenlicht funkelndes Zinngefäß fiel, schaute er mit eins »den Kreaturen ins Herz«. Später schrieb er von diesem Schlüsselerlebnis, »daß ich in einer Viertelstunde mehr gesehen und gewußt habe, als wenn ich wäre viele Jahre auf hohen Schulen gewesen«.

Pensum

Täglich den Kontrastumfang erweitern.

Denkformen

Wäre ich Reisevertreter, Fabrikarbeiter, Spengler oder Bankdirektor, so würde ich anders – nach einer anderen Logik – denken. *Wie* anders? Je weniger ich mir davon eine Vorstellung machen kann, desto heftiger wird der Wunsch, das eigene Denken bis an die Grenzen seiner Möglichkeiten voranzutreiben.

Kollegenkreis

Unablässig wächst die Zahl der uns bekannten Menschen, von deren Tätigkeit wir uns keine Vorstellung und die sich von unserer Arbeit kein Bild machen können. So wissen wir von immer mehr Leuten immer weniger, was sie eigentlich treiben und geraten in die Isolation nur unter Kollegen.

Flusslektion

Gegen den Strom schwimmen, munter wie Mamsell Ente, gelassen wie Gevatter Schwan.

All-tag

Der Tiefenpsychologie verdanken wir die Einsicht, daß die wahren Mysterien weder eleusisch noch tibetanisch, weder transzendent noch okkult, sondern alltäglich sind.

Vater

Meine Kinder, die lieben Phantasten, scheinen allen Ernstes in mir ihren Vater sehen zu wollen. Ich freilich stelle mir unter »Vater« einen anderen vor.

Psychoschnecke

Sie hat, Gott sei's geklagt, zuviel psychologische Bücher gelesen. Jetzt kommt sie noch weniger voran als früher. Dafür sondert sie unentwegt Seelenschleim ab.

Daimonion

In einem Hintergäßlein seiner verrückten Seele scheint ein listiger Winkeladvokat am Werk zu sein, dessen Verteidigungstaktik alle Versuche von Ratgebern, Gesundbetern, Seelsorgern, Psychiatern durchkreuzt, aus dem Spinner doch noch einen halbwegs normalen, d. h. brauchbaren Menschen zu machen. So trick- und erfolgreich operiert das Advokätlein hierbei, daß man meinen könnte, es sei ein göttliches.

Windprivileg

Heftiger Westwind, der um Hausecken stößt. Über der Straßenkreuzung schwingt eine Hängelaterne. Fensterläden rütteln an ihrer Arretierung, hie und da gelingt es einem von ihnen, sich zu lösen, dann hört man ihn laut gegen eine Hausmauer knallen. Stoßweise fegt auch der Regen einher. Die Nacht scheint tanzen zu wollen. Nach neuestem Wetterbericht wird der Wind nach Nordwesten drehen. Ohne Gewissensbisse wechselt er seine Richtung.

Ohne Adresse

Wo jeder seine Adresse hat: einer, der keine zu nennen weiß. Zufällig taucht er auf, beliebig verschwindet er wieder, erreichbar nirgends. Ein Luxus, den er sich nicht lange wird leisten können. Auf Dauer unerreichbar zu bleiben ist nicht erlaubt. Hauptgebot heutiger Ethik, so selbstverständlich, daß es weder reflektiert noch diskutiert zu werden braucht: du sollst immer erreichbar sein.

Kairos

Wenn Schönheit in Lachen ausbricht, erzittert der See, das Wiesenschaumkraut richtet sich auf, die Karten werden von neuem gemischt, der Einsatz erhöht.

Zerfall

Wo Gott kein Fest mehr wird, hat er aufgehört, Alltag zu sein.

Fliegender Teppich

Was, wenn der feste Boden der Wirklichkeit, auf dem du mit beiden Füßen zu stehen glaubtest, sich plötzlich als phantastisch durch die Lüfte segelnder Teppich entpuppt? Absprung? So lebensmüde bist du noch nicht. Bleibt das Gebet um windstilles Wetter.

Xanthippe

Wissen möchte ich, was vorgeht hinter deiner Stirn, soll Xanthippe gemault haben, wenn Sokrates seine Tage disputierend auf dem Markt, die Nächte an Gelagen junger Leute und kluger Hetären verbrachte. Es war die Zeit, da man noch die Stirnen umkränzte zum Fest. Doch eben: was hatte Xanthippe in Haus und Küche davon?

Hämmerwerk

Daß kein Tag alltäglich, daß jeder einzigartig ist – mit dieser Richtigkeit wissen wir wenig anzufangen. Nichts ist ernst, alles ist mühsam, ein Hämmerwerk, das gleichmütig die Zeit in tausend Stücke und immerzu totschlägt.

Verfolgte

Manche fühlen den bohrenden Blick ihres Über-Ichs im Nacken, die gebeugte Gangart verrät es, »nur noch die Augen sind fähig, einen Schrei auszustoßen« (René Char), oft sind auch sie schon erloschen.

Beichtspiegel, blind

Leicht fällts, Irrtümer, gar Sünden zu beichten, die alle für Irrtümer oder für Sünden halten. Wem aber Irrtümer, Sünden bekennen, die alle Welt (auch die christliche) für Richtigkeiten, ja Tugenden hält?

Zerstörung

Sie ist nur noch ein Schatten, der ihren Verhängnissen folgt.

Lamento

Schließlich hören wir nicht mehr hin, weil es nur noch langweilt. Dabei spricht des Jammers wahrer Jammer eben aus einem solchen Lamento, das wehleidig, chaotisch, zur Nervensäge geworden, an aller Ohren vorbei dem Verstummen zutreibt. Unser Selbstbewahrungswille bäumt sich gegen die Zumutung so vielen, so unwendbaren Elends auf. Und derart stößt immer mehr Jammer auf immer taubere Ohren. Deswegen sind Psychokliniken, kaum erweitert, schon wieder zu klein.

Tränen

Sie gehe, sagt sie, ins Kino, um über fremdes Elend weinen zu können. Längst habe ihr eigenes keine Tränen mehr.

Winkelaltar

Ihr, wie man so sagt, gemeinsamer Lebensweg ist – seit langem schon? über Nacht? – zur Sackgasse geworden. Dennoch hüte ich mich vor einer übereilten Prognose: selbst Sackgassen haben ihre Götter und Engel.

Leuchtschrift

Wir: Geschöpfe, die wissen (zu wissen bekommen), daß sie Körper sind. Geburt schleudert uns hinab in einen Abgrund beglückter, gequälter, meist ratloser Körpererfahrung, über dem nach aufgezogener Dämmerung in flackrigen Lettern die Leuchtschrift zu blinken beginnt (die manche für eine Kino- oder Kirchenreklame halten): Auferstehung des Leibes.

Körper

Körper, von der Sonne durchglüht und leicht deshalb, gleiten von einem Wachtraum zum anderen. Landschaften steigen empor, Meer und Gebirge. Flügel spannen sich aus, und siehe: auf Erden wie Feuer. So viel, so viel muß in versunkenen Tagen noch geschehen. Inzwischen laufen wir Strände entlang. Inzwischen liege ich rücklings auf summender Wiese. Inzwischen wandern wir über steinkühle Plätze, durch schattige Gäßchen, verträumen die Nacht auf Flutterrassen: Aufenthalte, die dennoch nicht aufhalten können. Die Strömung, die uns durchzieht, ist stärker.

Hier, jetzt

Herzlichkeit: das Fest, das einzige, das zählt.

Epikuräer

»Wollust ist das große Geheimnis unseres Wesens« (Ludwig Tieck), der Wohl- oder Wehlaut unseres Hie- und Daseins, was alle zwar wissen, nur Epikuräer und kluge Menschenkenner (von Salomo-ben-David bis Vladimir Nabokow) aber auch sagen: gesegnet sei ihre kleine, doch aufrechte Schar, die der freien Geister und Zungen.

Nacht

Daß nur von Alltag, nie von Allnacht gesprochen wird, hat seine Gründe. Vitalität und Freiheitslust, falls noch nicht erstorben, überleben im Réduit der Nacht. Mit Fernsehen, Schlafpillen und frühem Arbeitsbeginn wird allerdings auch dieser Schlupfwinkel auszuräuchern versucht.

Einschlafarten

Einschlafen als Ertrinken, einschlafen als Entfliegen.

Zeitbombe

Nachts hört er, schlaflos liegend, das Ticken in seinem Körper: die Zeitbombe Zeit.

Augmuscheln

Geschlossene Augen: ihre Lider werden Muschelschalen, die Augäpfel Muscheltiere. Ein Meer holt sie ab, trägt sie fort, um sie an einen neuen Strand, in einen anderen Tag zu spülen.

III
Das männliche Spiel

Bildzwang

Selbst das Gebot, sich von Gott kein Bild zu machen, enthält bereits ein solches, nämlich das eines männlichen Gottes.

Das männliche Spiel

Männer, einmal in die mittleren Jahre gekommen, spielen das männliche Spiel: Zug um Zug gilt es zu zeigen, wie sicher man seiner Kenntnisse, seiner Stellung, seiner Ehe, seiner Freunde, Beziehungen, Überzeugungen ist. Wem eine Unsicherheit unterläuft fällt im Spiel zurück. Mehrere Unsicherheiten führen zu einer Niederlage. Doch das Spiel geht weiter. Nur wer andauernd unsicher und dazu so unvorsichtig ist, dies zu zeigen, scheidet aus. Wie bei jedem Spiel können Listen, Tricks angewendet werden, sind geheime Absprachen und Mogeleien möglich. Man darf sich bloß nicht verraten dabei, muß beweisen können, wie souverän man auch das Falschspiel beherrscht. Wie bei anderen Spielen gibt es selbstverständlich Gewinner und Verlierer. Da jedoch das Spiel immerfort weitergeht, gilt es, auch als Verlierer so sicher wie ein Gewinner zu bleiben, mit neuem Mut ins unaufhörliche Spiel einzusteigen, selbst wenn die Gewinnaussichten bescheiden, oft illusorisch geworden sind. Wichtig bleibt, daß man mitmacht. Wer mitmacht zeigt, daß er männlich ist. Darauf allein kommt es an. Deshalb machen so gut wie alle mit.

Von Geburt an

Nichts zu machen: man muß sich durchsetzen können, von Geburt an. Die Geburt selbst ist ein Akt der Durchsetzung, der erste und folgenreichste von vielen.

Motor Angst

Mein Mut ist Angst, gestand er. Mein Fleiß, meine Pünktlichkeit: alles Angst. Mein Ehrgeiz: Angst, die vorwärts flieht. Soweit ich mich zurückzuerinnern vermag: Angst vor jedem, Angst vor allem! Angst ist mein dominanter Lebensantrieb geworden. Verlöre ich sie, verlöre ich mich.

Wellenschlag

Nachdem seine Laufbahn erst zur Schleichbahn, dann zum Krebsgang geworden war – jetzt sortiert er in seiner Firma die Post –, hat er Freundschaft geschlossen mit den Wellen des nahe gelegenen Sees, die in bald erhabener, bald unterhaltsamer Gleichgültigkeit zu jeder Tagesstunde und unermüdlich auch nachts an die Quaimauer schlagen. Selbst regnerisches Wetter hält ihn nicht davon ab, ein Viertelstündchen oder länger auf einer der Bänke der Seepromenade zu verweilen. Früher hat er sich auch nach eingebrochener Dunkelheit dorthin gesetzt, kam dadurch aber in das Gerede, es auf Strichjungen abgesehen zu haben, die sich nachts am Seeufer herumtreiben.

Dumme Gedanken

Wer nicht arbeitet komme auf dumme Gedanken? Immer nur dumm können sie dennoch nicht sein: die antiken Philosophen und Dichter, als geistige Väter des Abendlandes hochgelobt, haben selten im Sinne der bürgerlichen oder sozialistischen Ökonomie »gearbeitet«. Und Jesus? Hat eines Tages seine Arbeit an den Nagel gehängt und ein paar Fischer und Zöllner dazu verführt, es ihm gleich zu tun.

Schulung

Ein islamischer Mystiker, Abdallah Ibn al-Mubarak, soll gesagt haben: »Wer nicht die Schmach des Gelderwerbs gekostet hat, an dem ist nichts Gutes.«

Wie nun?

Sind in unserer Gewinn- und Gewinnerwelt die Verlierer vielleicht die letzten – oder wiederum ersten – Heiligen? So wurde gefragt. Ich schimpfte diese Art der Fragestellung romantisierend – zu Recht, wie ich immer noch meine. Dennoch, zum Kuckuck, wer weiß? Und von neuem irritiert mich der verrückte Wunsch – oder das barocke Laster – alle Betrachtungsweisen in einer neuen, umfassenderen vereinigen zu können.

Geheimfonds

Kommt, Freunde, doch auch ihr, meine Feinde: Äufnen und speisen wir den heimlichen Fonds der Resignation aneinander! Er wird verwaltet vom tüchtigsten Ökonomen, den die Welt kennt: vom Tod.

En attendant

Mehr und mehr erschöpft mich nicht endende Trauer, sagte er, doch hat mein Körper noch nicht die passende Krankheit gefunden für sie. Inzwischen bin ich gesund.

Pendler

Zuweilen sitze ich unter Gewinnern. Was diese miteinander reden, scheint zu bestätigen, daß das männliche Spiel in der Tat nur Spiel, nicht Ernst sein kann. Wieder unter Verlierern merke ich, wie unerbittlich das Spiel Ernst ist.

Bibelschweigen

Zu den historischen Bedingtheiten der biblischen Schriften gehört auch, daß sie von Männern verfaßt worden sind. Wie zum Beispiel sähe eine Geschichte Israels aus, geschildert, geschrieben aus der Perspektive der weder waffen- noch gottesdienstfähigen Frauen und Mütter?

Der Allmächtige

Wenn es Gott nicht gebe, sei alles erlaubt, läßt Dostojewskij Iwan Karamasow sagen. Ebenso aber gilt: wenn Gott der Allmächtige ist, muß gleichfalls alles erlaubt sein. De Sade läßt den Allmächtigen jene verspotten, die sich ihr Leben lang mühten, gut zu sein: »Wenn ihr gesehen habt, daß alles auf Erden lasterhaft und verbrecherisch war, warum habt ihr euch dann auf den Weg der Tugend verirrt? Das unaufhörliche Unglück, womit ich das All überschüttete – mußte es euch nicht beweisen, daß ich nur die Unordnung liebte und daß man mich kränken mußte, um mir zu gefallen? Gab ich euch nicht jeden Tag das Beispiel der Zerstörung – warum habt ihr nicht zerstört? Dummköpfe! Anstatt es zu machen wie ich!« Wenig anders hat sich Karl Barth geäußert, der vehemente Kritker einer allgemeinen, aus den Weltzuständen zu gewinnenden Gotteserkenntnis: »Der ›Allmächtige‹, das ist das Chaos, das Übel, das ist der Teufel.« Mit Beklemmung gedenkt man danach des Ingresses der schweizerischen Bundesverfassung: »Im Namen Gottes, des Allmächtigen.«

Eid

Bundesräte, Parlamentarier leisten Eide »vor Gott, dem Allmächtigen« und Fernsehkameras. Kurz bricht sakrale Sprache in Ratssaal und Wohnstuben ein. Tremendum und Tremolo. Ein christlicher Akt, so glauben die Beteiligten wohl, trotz Jesu Unmißverständlichkeit: »Ich aber sage euch, daß ihr nicht schwören sollt.« (Matthäus 5, 34) Sakrale Formeln? »Eure Rede sei ja ja, nein nein. Was darüber ist, das ist vom Bösen.« (5, 37). »Darüber« ist: die Anrufung des Himmels, der Erde, Jerusalems, des eigenen Hauptes (5, 35) – das sakrale Vokabular von damals, das sakrale Vokabular von heute, so auch dasjenige des Eides. Es ist vom »Bösen« (vom Teufel), weil es als normal unterstellt, daß alltägliches Reden unaufrichtig sei. Für Jesus aber ist Aufrichtigkeit im profanen Reden und Handeln die einzig echte »Sakralität«. Daß seine Anhänger ihm hierin nicht folgen wollen oder können, verrät, wie wenig einer dem Ja oder Nein des anderen noch traut. Darum dann Eide – als ob diese verhindern könnten, daß wir belogene Lügner, hintergehende Hintergangene sind.

Wunschinstanz

Im Wunsch nach einer Instanz, die für alles, was geschieht und was wir tun, verantwortlich ist und sich dieser Verantwortung auch gewachsen zeigt, indem sie jedes Geschehen auf Sinnziele hinordnet, äußert sich unser Bedürfnis nach Geborgenheit, vielleicht sogar nach Unterwerfung um der Geborgenheit willen. Die Möglichkeit, daß eine Instanz dieser Art nicht existiert, weder religiös als Allmacht noch atheistisch als Natur oder marxistisch als Vernunft der Gesellschaftsgeschichte, ist so schwindelerregend, daß kaum jemand sie in Betracht ziehen mag.

Aberglauben

Daß in der technischen Entwicklung eine Vorsehung walte, fähig, alle Gefahren in Gewinne, alle Schäden in Segen zu verwandeln, ist der irrationale Glaube technokratischer Rationalisten, der Obskurantismus vorgeblich Aufgeklärter.

Macher

Gefragt sind »Macher«. Wer sich einmal den Ruf eines solchen erwerben konnte, hat alle Chancen, aufzusteigen in den Kreis jener obersten Macher, die gar nichts machen.

Egoisten

Die für ihre Mitwelt gefährlichsten Egoisten sind jene, die nicht einmal sich selbst zu achten, geschweige denn zu lieben vermögen.

Outsider

Dadurch, daß Jesus für sich und seine Anhänger Macht abgelehnt, darum auch keine Weisungen zum bestmöglichen Machtgebrauch gegeben hat, konnte er sich die Rolle des ewigen Outsiders und Opponenten sichern.

Schuld

Wer handelt, muß gewärtigen, schuldig zu werden. Der bloß Beobachtende meint vielleicht, schuldlos bleiben zu können. Irrtum! Seine Schuld übersteigt diejenige der Handelnden, weil er sich schuldig, mitschuldig macht an allem, was unversucht, ungetan bleibt.

Urteile

»Wehe, wenn alle Menschen gut von euch reden!« (Lukas 6, 26) Doch gibt es auch selbstaufgesetzte Märtyrerkronen, aus Talmi und Papier-maché, Karnevalsmützen zum Verwechseln ähnlich. Gelassenheit also! Leute, die auf uns böse sind, sind deshalb nicht böse Leute, sondern Leute, die auf uns böse sind – was uns selber noch lange nicht gut macht.

Defilee

Kräftig erigieren Gewehre, Geschütze, Raketen, bereit zum Akt mit Madame La Mort, die schamlos schon ihre Schenkel geöffnet hält, um alle, alle empfangen zu können. Kein Unzüchtigkeitsparagraph verhindert das Schauspiel. Im Gegenteil, Gesetz und Moral applaudieren.

Letzter Zuspruch

»Die beiden Feldprediger begeben sich zu dem Verurteilten zum letzten Zuspruch.« So wurde, während des Aktivdienstes, in einem minutiös festgelegten Erschießungsritual für Landesverräter angeordnet. Dreißig Jahre später erinnert sich einer der Zeugen, deren Aussagen Niklaus Meienberg mitteilt: »Als sie schon die schwarze Binde über den Augen hatten und ihnen alle Knöpfe der Uniform abgeschnitten waren, damit das Abprallen der Kugeln vermieden wurde, taten die Feldprediger ihren letzten Zuspruch.« Wie lautete der? «Zaugg habe keinen Mucks gemacht, also sagte Pfarrer Hürlimann an seiner Stelle: Herr, ich sühne meine Sünden. Der katholische Feldprediger hingegen habe noch gemeinsam mit Schläpfer ein Vaterunser gebetet.« Ein anderer Feldprediger kann nach Jahr und Tag noch zwei sorgsam verwahrte Schriftstücke vorweisen. Das erste enthält einen Befehl des zuständigen Obersten vor der Hinrichtung: »Sie haben sich mit den Angehörigen in Vbg. zu setzen und abzuklären, ob sie die Leichen übernehmen wollen. Die Leichen werden in plombierten Särgen transportiert, welche nicht geöffnet werden dürfen.« Das zweite Schriftstück enthält die Anerkennung desselben Obersten nach der Exekution: »Herr Hauptmann! Die Tatsache, daß die beiden Verurteilten ihren Tod ruhig und gefaßt erwarteten, hat bewiesen, daß es Ihnen gelungen ist, Ihre schwere Aufgabe voll befriedigend zu erfüllen. Ich spreche Ihnen dafür meinen Dank und meine Anerkennung aus ... PS: Ihre Dienstleistungen wollen Sie sich bitte von meinem Büro bezahlen lassen.« Ah! wie segne ich nachträglich meinen Entschluß, nicht Feldprediger zu werden, obgleich mir Oberstdivisionär Z. jüngst schrieb, Pfarrer hätten »als Feldprediger die Gelegenheit, beim Militär mit einem Milieu in Kontakt zu treten, das als Gesamtes gesund ist. Hier sind die Dinge überblickbar, die Relation einfach ...« Und *wie* einfach! Zweck des »letzten Zuspruchs« ist eine »saubere Exekution«, d. h. die Vermeidung von Szenen, Verzweiflungsausbrüchen – Religion als Betäubungspille. Keinen der Feldprediger scheint die Erinnerung an die Hinrichtung Jesu und die Tatsache irritiert zu haben, daß christlicher Glaube der Glaube an einen Hingerichteten ist. Einer der Pfarrer hat »nach der Exekution in den Feldpredigerschulen Vorträge gehalten über die seelsorgerische Betreuung von Todeskandidaten, welche Vorträge immer auf ein lebhaftes Interesse seiner Kameraden gestoßen seien«. Man stelle sich Feldprediger vor, die zum »letzten Zuspruch« an den Todeskandidaten Jesus herantreten – und danach Vorträge halten über »Seelsorge an Kreuzigungskandidaten« und das Anerkennungsschreiben des Pilatus stolz in ihrer Dokumentenschublade aufbewahren! Jesus aber starb ohne »letzten Zuspruch«. Ich könnte mir denken, daß er sich die religiöse Betäubungspille ebenso verbeten haben würde wie den mit Essig getränkten Schwamm, den man ihm gereicht hat. Im übrigen dürfte die Wirkung des »letzten Zuspruchs« von Obersten und ihren gehorsamen Feldpredigern grotesk überschätzt worden sein. Daß Verurteilte ihren Tod »ruhig und gefaßt« erwarten, ist weniger dem geistlichen Zuspruch zuzuschreiben als einem Umstand, den Rétif de la Bretonne während der Französischen Revolution oft genug Gelegenheit hatte, zu beobachten: »Ich habe immer konstatiert, daß außer Charlotte Corday und einem jungen Mädchen von zweiundzwanzig Jahren, Charlotte Vautant, ... alle denkenden Wesen, die zum Tode schreiten, immer schon halbtot waren.«

Todesfurcht

Nach meinen Beobachtungen fürchten und verdrängen Männer den Tod mehr als Frauen. Deshalb auch eignen sie sich besser zum Dienst in der Armee, diesem Männerbund, der den allgemeinen Ernstfall vorbereitet und den persönlichen verdrängen hilft.

Der Zivilist

Alle bildlichen Darstellungen Gottes, die ich kenne, stimmen erstaunlicherweise in einem Punkt überein: immer ist Gott Zivilist, nie trägt er Uniform.

Herr Schweizer

Sogleich nach seinem Eintritt in den Himmel erkundigt er sich nach dem dortigen Auslandschweizerverein.

Armbrustzeichen

Das Eigenschaftswort »schweizerisch« meint eine spezifische Art, mit unseren Problemen nicht fertig zu werden.

Geschichtsgläubige

Die Geschichte dieses Jahrhunderts, so hört man behaupten, sei an der Schweiz vorübergegangen. Einige Inländer bedauern, manche Ausländer tadeln uns deswegen. Sie scheinen Geschichte noch immer (mein Gott: noch immer!) für etwas Gutes, Heilbringendes zu halten – trotz der Millionen von Getöteten, Verstümmelten, Entwurzelten.

Diskrete Schweiz

Zensur existiert hier nicht, aber sie funktioniert. Kein Radikalenerlaß wurde beschlossen, er wird nur angewendet.

Webmuster

In die Kraftembleme des gesunden Volksempfindens sind blutrot auch Fäden der Gewalttat verwoben.

Heiliges Verdienen

Der etwa zu hörende Ausruf »Du heiliges Verdienen!« dürfte unser wahres Credo, unsere ehrlichste Anbetung artikulieren.

Land

Was für ein Land, dem Geld ins Gehirn stieg, dessen beste Köpfe von ideologischen Feuerwehren umstellt sind, Löschzug neben Löschzug: keine Propheten mehr oder dann falsche von jener Sorte, wie Dante sie in der Hölle erblickt hat, mit zur Strafe umgedrehten Köpfen, so daß die geweinten Tränen ihnen über Rücken und Hintern fallen.

Das Haus

Die nördlichen Sockelquader sind aus Alpenkalk, die südlichen aus weißem Jurastein. In florentinischem Stil erbaut, blickt das Haus nach Süden, wölbt sich den Alpen, dem Föhn, der Sonne entgegen. Rundungen, Kuppeln, Bögen: ein weibliches Haus. Für exponierte Fassadenpartien ist Sandstein aus den Kantonen Luzern, Zug, St. Gallen verwendet worden. Über den drei Hauptportalen stellen drei steinerne Köpfe die Weisheit, den Mut und die Kraft dar. In Nischen zwischen den Portalen sitzen zwei Bronzefiguren: der greise Geschichtschronist der Vergangenheit und der jugendliche Protokollant der Gegenwart. Wird in diesem Haus Geschichte gemacht? Viele Leute gehen aus und ein. Die Stufen der großen Treppe im Innern der zentralen Kuppelhalle sind aus Urner Granit. Räte, Beamte, Diplomaten, Schulklassen, Reisegesellschaften steigen auf und nieder. Lobbyisten pflegen Nebentreppen in Seitenflügeln oder Dépendancen des Hauses zu benützen. Im Hintergrund des

Treppenpodestes stehen die drei schwörenden Männer des Rütli. Zu ihren Füßen verzweigt sich die Treppe. Wo deren Seitenarme in die Galerien des ersten Stockwerks münden, halten zwischen Fischreliefs des Luganesers Vassalli zwei goldene Inschriften den Blick fest. Die westliche lautet: SALUS PUBLICA SUPREMA LEX ESTO. Die östliche: IN LEGIBUS SALUS CIVITATIS POSITA EST. Für »Vernehmlassungsverfahren« wird das lateinische Wort noch gesucht. Der Saal des Ständerates ist von reinem Nordlicht erhellt. Unten sind die Wände mit Nußbaumholz, darüber mit Eichenholz verkleidet. In den Bogenzwickeln der Täfelung angebrachte Tafeln nennen Jahreszahlen, die für die Ausgestaltung der Schweiz maßgebliche Abmachungen in Erinnerung rufen: 1291 (erster Bund), 1370 (Pfaffenbrief), 1393 (Sempacherbrief), 1481 (Stanser Verkommnis), 1803 (Mediation), 1815 (Bundesvertrag), 1848 (erste Bundesverfassung), 1874 (zweite Bundesverfassung). Größter Saal im Haus ist aber der durch Oberlicht beleuchtete Sitzungssaal des Nationalrates. Seine Grundform entspricht einem Kreisausschnitt, dessen drei Seiten parallelogrammatisch sind, während die vierte, die Längsseite einen Viertelkreisbogen bildet: ein unauffällig raffinierter Grundriß, hier erstmals ausprobiert. Von den äußeren Sitzen senkt sich der Boden zur Mitte hin um 75 Zentimeter. Beherrscht wird der Saal vom großen Wandgemälde des Malers Goron aus Vevey, ein Vogelschaubild mit Blick auf den Flecken Schwyz, wo erstmals bäuerliche Genossenschaften entstanden sind. Eine nackte Wolkenfrau, anmutig über Schwyz und dem Ratspräsidentenstuhl schwebend, ist später wieder schamhaft überwölkt worden. Hier also tagt die Volksvertretung, früher Legislative genannt. Heute werden die Gesetze, wie man weiß, von der Verwaltung gemacht. Zwei Marmorstatuen zeigen die Stauffacherin als Trägerin der Idee und Tell als Verkörperung der Tat. Das Haus ist eine Fundgrube sinnreicher Symbole. Zwanglose Kontakte erlaubt den Damen und Herren des Rates die Wandelhalle. An ihrem westlichen Ende befindet sich das

Bundesratszimmer, dessen Decke vier Landschaften des Malers W. L. Lehmann schmücken. Sie zeigen die äußersten Punkte des Landes, nämlich den Rhein bei Basel, den Bodensee, die Bernina und den Genfersee. Mit dem Bau des Hauses ist 1894 nach Plänen und unter der Leitung Professor Auers begonnen worden. Am 1. April 1902 wurde es bezogen. Ich mag das Haus, seine Weiblichkeit, seinen Symbolschmuck, die leicht deplacierte Italianität, seit dem Tag, als ich im Vorzimmer eines der Bundesräte das Parkett knarren hörte und überdies die Schwingung eines bereits leicht durchhängenden Bodens verspürte – harmloses Symptom von Hinfälligkeit in einem Gebäude, dem man Unzerstörbarkeit glaubt zutrauen zu müssen, zumal im Zeitalter des Betons, wo weit subalternere Bauten mit klotziger Unvergänglichkeit prahlen. Dieses Haus aber atmet, lebt, ist vergänglich und muß deshalb gepflegt werden. Manche spotten über das Haus. Auch ich tat das früher. Heute liebe ich seinen Charme, der sich mit jedem Betonjahr lieblicher entfaltet.

Väter-Los

Wir Väter, dazu verdammt, unseren Kindern ihr Über-Ich aufzubürden: deswegen sind wir (welch zweifelhafte Ehre) so unentbehrlich für Staat und Gesellschaft.

Technopolis

Stets kühnere Einsätze müssen gewagt, immer neue Regeln erfunden werden, damit das Spiel weitergehen kann. Ist überhaupt noch Spiel, was Existenzbedingung, Lebensinhalt wurde? Sind die Spieler nicht längst Gespielte? Doch alsdann: *wer* spielt mit uns, auf welchen Gewinn, auf welchen Verlust hin? Das Wesen der Technik, schrieb Martin Heidegger kassandrisch, komme nur langsam an den Tag: »Dieser Tag ist die zum bloß technischen Tag umgefertigte Weltnacht. Dieser Tag ist der kürzeste Tag. Mit ihm droht ein einziger endloser Winter.«

Faites vos jeux!

Je mehr einer aufs Spiel setzen kann, desto größer sein Prestige. Sich selbst aufs Spiel setzen kann jeder. Als groß gilt erst, wer zu Hunderten, Tausenden andere Menschen, ganze Völker aufs Spiel setzt. Am größten wird, dieser Logik zufolge, derjenige sein, der gewillt und fähig ist, die Menschheit insgesamt aufs Spiel zu setzen. Wer immer er sein wird: seine militärischen, politischen und wissenschaftlichen Berater sind, wie der Bildschirm täglich zeigt, ruhig argumentierende Männer mit verantwortungsbewußten Gesichtern. Sie werden, man siehts ihnen an, den höchsten Einsatz, den aller, erst anraten, wenn es unbedingt sein muß. Wir können uns darauf verlassen: diese Männer werden am Tag, da es unbedingt sein muß, wohlerwogene Gründe dafür haben, um das lang Vorbedachte, das Unbedingte und Unwiderrufliche, ins Werk zu setzen.

Option

Es wimmelt von apokalyptischen Eiferern. Seltener, weil seriöser, sind apokalyptische Clowns.

Kopfwehkultur

Seit Descartes sind wir gezwungen, unablässig zu denken, um unseres Ichs und der Welt gewiß sein zu können. Die Kopflastigkeit solchen Da-Seins hat eine Kultur des Kopfwehs hervorgebracht, die die Pharma-Industrie erblühen, doch unser Handeln immer kopfloser werden ließ.

Verlieren

Daß Leben teils ein Exerzitium, teils ein Fest des Verlierens ist, will Gewinnern und Sammlern nicht in den Kopf.

Gebetchen

Herr, mach, daß ich nicht mißmutig werde, wenn ich beim Jassen verliere.

Bis zum Innersten

Es gelte, meinte Origenes einst, das »ewige Fest« zu feiern. Die heutige Entsprechung zum Fest, sagt Roger Callois, sei der Krieg. Ach, ihr Männer, seufzte Frau D., stets wollt ihr bis zum Äußersten gehen. Nötiger wäre, umsichtig, behutsam zum Innersten zu gelangen.

Weltgeflüster

Nachdem er alles, was ihn bewegte, auf den Begriff hatte bringen können, stürzte ihn das Weltgeflüster, das ungeheuer weiterging wie zuvor, wie allezeit, erst recht in Verzweiflung.

Paar

Obschon *er* aufgehört hatte, Herr der Lage zu sein, blieb eine Katastrophe aus, weil *sie* sich mit ruhiger Umsicht als Frau der Lage bewährte.

Väter

Es gibt zwei Gruppen von Vätern: die einen waren bei der Geburt ihrer Kinder dabei, die anderen nicht. Völkerkundler kennen noch eine dritte Gruppe: Väter, die sich ebenfalls ins Wochenbett legen, oft sogar Wehen simulieren. Was mögen ihre Frauen davon halten?

Fremdgänger

Und dann, eines Tages, habe er feststellen müssen, daß er ein Fremdgänger sei in der eigenen Ehe. Eine Erfahrung, als ob man aus einem Traum erwache, um alsbald zu merken, daß auch dieses Erwachen geträumt sei.

Faule Anima

Mich nie als Frau geträumt zu haben, empfinde ich als Mangel. Wo bleibt, bei Carl Gustav Jung, die Anima meines Unbewußten? Liegt auf der faulen Haut und läßt es selbst in den besten Träumen bei dem bewenden, der ich bin: beim Mann.

Memento momenti

Ihre Überzeugung, daß die Welt nicht in Ordnung zu bringen sei, befreite sie zu einer Ausgelassenheit, in der die Welt für Stunden in eine nicht mehr erwartete, spontane Ordnung geriet, wie sie nicht besser, nicht leuchtender hätte sein können.

Unzertrennlich

Religion und Erotik: ein wildes, doch unzertrennliches Paar. Wie heftig sie miteinander streiten, sich gegenseitig beschimpfen, verwünschen, verfluchen mögen, keine hält es lang ohne die andere aus. Stirbt die Religion, so magert Erotik zum Skelett, d. h. zum bloßen Sex, ab. Stirbt die Erotik, so verdorrt Religion zur abstrakten Metaphysik (wie früher) oder zur trockenen Ethik (wie heute).

Masskonfektion

»Die« Ehe: Konfektionskleid, das für alle ein bißchen, für niemanden richtig paßt. Erst durch Änderungen mancher Details werden wir dieses Kleid für uns tragbar, vielleicht gar schön und elegant machen können.

Eheberater

Wie kommt es, daß die Eheberater, die ich zufälligerweise kennengelernt habe, unangenehme Typen waren?

Ehe

Ich tauge weder zum Ehe-Moralisten noch zum Ehe-Ideologen. Was weiß ich schon von »der« Ehe? Selbst von der eigenen nur soviel, daß sie mit der Frau, deren Mann ich bin, das Beste, Leichteste ist, was mir beschieden sein konnte. Doch bin ich weder befugt noch fähig, würde es auch für überheblich halten, aus dieser Erfahrung verallgemeinernde Schlüsse zu ziehen.

Zärtlichkeit

Zärtlichkeit ist gleichermaßen Sinnlichkeit, die intelligent, wie Intelligenz, die sinnlich macht. Selbst ihr Rausch betäubt nicht, er erleuchtet. Sie wird, die Anarchistin, erst herrschen können, wo keine Herrschaft mehr ist. Ihr Pathos ist das des Unscheinbaren: eine hilflose Geste, ein Blitz oder Schatten im anderen Blick, eine spontane Bewegung werden plötzlich Dreh- und Angelpunkt allen Jetzt- und Da-Seins.

Subversion

Zärtlichkeit: eine der Töchter Gottes und unbeirrt subversiv. Wie schwach sie auch sein mag, sie legt's darauf an, das männliche Spiel zu beschämen, zu verwirren, damit wir uns vielleicht und endlich doch noch entschließen, es abzubrechen und ein anderes, besseres zu beginnen.

Befangenheit

Weniges ist verletzbarer, schwächer als Zärtlichkeit. Das könnte der Grund sein, weshalb die Theologie bisher so wenig anzufangen wußte mit ihr. Theologen pflegen in

Kategorien der Macht (»Allmacht«, »Herr«, »Herrschaft Gottes« usw.) zu denken. Sie lesen die Bibel noch immer als Macht-Buch, sind als Bibeldeuter nicht über die dritte Versuchung Jesu (Matthäus 4, 8 – 10), d. h. über ein diabolisches (soziomorphes) Verständnis göttlicher Macht hinausgekommen. Macht dieser Art schließt jedoch Zärtlichkeit aus. Nie wird sie zwischen Herrschern und Beherrschten aufkommen können.

Allmacht

Gott kann nicht einmal abdanken, d. h. einer Machtposition entsagen, weil er eine solche nie innegehabt hat. Soll das Wort »Allmacht« jenseits plumper Potenz- und Omnipotenzprojektionen einen Sinn haben, dann am ehesten den, daß – eben – Gott nicht abdanken und auch nicht entmachtet werden kann. Wer ihm abspricht, was wir unter Macht zu verstehen pflegen, gleicht einem Menschen, der der Katze das Fliegen verbietet. Ein solches Verbot nimmt der Katze nichts von dem, was sie zur Katze macht. Sie bleibt, was sie ist. So auch Gott. Er hat sowenig Macht wie die Katze Flügel. Gott ist Liebe (1. Johannes 4, 8.16). Daß er abgedankt haben oder daß man ihn entmachten könnte –, das sind männliche Spiele, die nichts daran ändern werden, daß Gott ist, was er ist: Liebe, Zärtlichkeit, Schmerz.

Die vollkommene Aufmerksamkeit

Worauf weisen die Begriffe Allgegenwart und Allwissenheit Gottes hin? Vielleicht auf jene universelle, vollkommene Aufmerksamkeit, wie sie altrussische Ikonen als »das nichtschlafende Auge Gottes« dargestellt haben. Diese universelle, zugleich engagierte Aufmerksamkeit ist weder als Auge des Weltgesetzes noch als das eines »Kosmopolizisten« (Jan

Milič Lochmann), vielmehr als vollendete Zärtlichkeit zu denken: Zärtlichkeit als intensivste Form der Aufmerksamkeit. Je vollkommener sie ist, desto sensibler, verletzbarer auch. Darum ist »der Schmerz Gottes ... das Herz des Evangeliums.« (Kazoh Kitamori)

Gerechter Zorn

Da er weder verletzter Eitelkeit noch beleidigter Macht, sondern einzig der Trauer, dem Leiden unter der Lieblosigkeit entspringt, ist der Zorn göttlicher Zärtlichkeit gerecht und sein Gericht, will man Jesus glauben, bestürzend, befreiend anders als selbst die beste menschliche Rechtsprechung, in der doch immer ein Machtwille mitspricht.

Doxologie

Denn Dein ist das Reich und die Kraft, ist Herrlichkeit/ Fraulichkeit in Ewigkeit. Amen.

IV

Hader mit Leibniz

Phantom

Ein Gespenst geht um, nicht in Europa nur: das, was wir geschaffen haben, unsere Zivilisation.

Kleine Weigerung

Kuckuck! Kuckuck! krähte die Alte aus dem Klapperkiosk, ein Rudel Kinder verscheuchend, das gekommen war, um Taschengeld in Schleckstengel umzusetzen. Vorübergehende Männer, Frauen erschreckte der Spitznasenkopf nicht übel, der plötzlich dem Kioskfenster einmal mit gellem, das andere Mal mit heiserem Kuckucksruf entfuhr. Wer, nichts Böses ahnend, herzutrat, um Zeitung, Zigaretten, Schokolade zu kaufen, dem schob die Alte das Fensterlein brüsk vor der Nase zu.

Demaskierung

Allmählich entrutscht dem bürgerlich/marxistischen Gott der Arbeit seine ach so moralische Maske. Immer mehr Arbeit entpuppt sich als Mittäterschaft an einem gigantischen Zerstörungswerk. Man wird bald froh sein müssen um jeden, der nicht mehr arbeiten will, und ihn auf Kosten der blindlings Tätigen dafür entlöhnen.

Konformitätstherapie

Die kirchliche Inquisition des Mittelalters war Anfang, die tiefenpsychologische Inquisition der Neuzeit ist Vervollkommnung. Auf die Dauer war jene erfolglos; diese, ungleich subtiler, droht Erfolg zu haben.

Ruhe und Ordnung

Immer ist »Ruhe und Ordnung« seine Devise gewesen. Jetzt ist er als Friedhofsverwalter am richtigen Platz.

Status quo

Das Bestehende, wie manche es rühmen und verteidigen, ist, sieht man näher zu, die Lizenz zur weiteren Zerstörung dessen, was besteht.

Mickrige Apokalypse

Der Selbstmord ist in der Antike viel bedacht, oft ausgeführt worden. Das Christentum hat ihn untersagt und – als *Mord*! – kriminalisiert, die Gegenwart ihn wieder rehabilitiert und in Freitod umbenannt. Wie aber soll man jenen Vorgang benennen, der in individuellen Selbsttötungen seine Schatten vorauswirft: »Selbstmord« oder »Freitod« der Menschheit? Unangemessen scheint das Wort »frei« für ein Verhängnis, das niemand so will und das dennoch alle herbeiführen helfen als ratlos gewordene Sklaven selbstgeschaffener Zwänge. Alles droht in einer mickrigen Apokalypse beiläufiger Nebenwirkungen zu enden.

Titel

Ich könnte mir einen Dokumentarfilm denken, dessen Thema seinen Titel ergibt: »Sachzwang frißt Menschenfleisch«.

Fernsehen jetzt

»Alle Religionen vergehen, das aber bleibt: einfach auf dem Stuhl zu sitzen und in die Ferne zu schauen.« (Wassilij W. Rosanow) Irrtum leider. Was verging, ist die Fernsicht vom Stuhl aus. Der Blick prallt ab an Häuserfronten. Statt Fernsicht Fernsehen jetzt.

Sanctissimum

Für die Bourgeoisie ist Religion der Vorhang, der in ihren Tempeln das Allerheiligste, das Bild des Gottes Mammon, verbirgt.

Privatsache

In der Überzeugung, daß Religion Privatsache, d. h. gesellschaftlich und ökonomisch unverbindlich zu bleiben habe, sind Bourgeoisie und Marxisten sich vollkommen einig.

Zweierlei Ellen

Falls Arbeiter streiken, weil sie höhere Löhne fordern, gilt dies bald schon als ökonomische Sabotage. Streikt hingegen das Kapital, weil es höhere Profite will, so ist dies ein ökonomischer Sachzwang.

Beten, arbeiten

Bete und arbeite, sagte Benedikt von Nursia. Mach auch die Arbeit zum Gebet, sagte Luther. Bete um Arbeit, sagte Pfarrer N. zum Arbeitslosen.

Vermarktung

Wie der Mensch ist auch Gott zur Ware geworden: Religion ist die Branche, die sie umsetzt.

Absenz

»Die Kirche ist auch für die Arbeiter da«, sagte der Pfarrer. Niemand hatte etwas dagegen. Nur war in der Kirche, wie meistens, kein Arbeiter da.

Dilemma

Biblisches Liebesgebot und kapitalistisches Prinzip widersprechen einander. Wer die Mitmenschen liebt, kann sich zu ihnen nicht kapitalistisch (d. h. als einer, der seinen eigenen Vorteil zu Lasten anderer sucht) verhalten – und umgekehrt: wer sich kapitalistisch verhält, kann die Mitmenschen, die Gegenmenschen geworden sind, schwerlich lieben. Das biblische Liebesgebot, wenn wirklich praktiziert, müßte das kapitalistische Prinzip nach und nach zerstören und dieses, weil tatsächlich von uns praktiziert, verhindert die gesellschaftliche Praxis der Liebe. Dennoch müssen wir, d. h. die westlichen Christen, versuchen, beide Praktiken miteinander zu verbinden. Wie könnten wir anders? Der Widerspruch bleibt, das Problem ist so wenig lösbar wie die Quadratur des Zirkels. Uns gelingen bestenfalls Arrangements im Rahmen einer industriellen Vormachtstellung, deren Mechanismen zur weiteren Verelendung der Vierten Welt führen.

Gliederpuppen

Ists schon nicht leicht, mit Kapitalisten über den Kapitalismus zu reden, so wirds oft unmöglich, dies mit seinen kleinbürgerlichen Trabanten zu tun. Für sie existiert Kapitalismus so gut wie nicht: Gliederpuppen, die nicht wahrnehmen können, wessen Finger ihr Leben bewegen. Gutgläubig halten sie ihr Bewegt-Sein für Eigenbewegung, ihr Funktionieren für Freiheit.

Campesino

»Wir werden arbeiten müssen, bis Blut aus unseren Händen fließt.« (Peruanischer Campesino im Film »El grito del pueblo«/Der Schrei des Volkes, von Peter von Gunten 1977)

Atheismus

»Der wirkliche Atheismus, die wahrhaftige Verneinung Gottes, das sind für mich die Gesellschaften ESSO und STANDARD OIL, das ist der wirkliche Materialismus, der atheistische Materialismus in dem Sinne, wie wir die Verneinung Gottes verstehen müssen.« (Ernesto Cardenal, Nicaragua)

Redensart

Oft hat man Grund zu sagen: »Der Teufel ist los«. Nie heißt es: »Gott ist los«. Halten ihn die Kirchen so sicher unter Verschluß?

Von unten her

Betrachtet Gott die Welt von oben herab? Zu dieser Annahme verleitet die Formel »Gott *im Himmel*« noch immer. Aber das Evangelium behauptet, daß die göttliche Perspektive diejenige Jesu ist, der, innerhalb des römischen Weltreichs ein anonymer Provinzler, ein als Lokalrebell Gehängter, die Welt von unten her, d. h. aus dem Blickwinkel von Rechtlosen (Frauen, Kindern), Verstoßenen (Aussätzigen), Landproletariern (Taglöhnern), Irrgläubigen (Samaritanern) und sozial Verfemten (Zöllnern) sehen lehrte.

Zahnlos

Hoffnung, ob christlich, ob sozialistisch: wenn zahnlos geworden, setzt sie ein Dogma als Kunstgebiß ein und säubert es täglich im Wasserglas der Ideologie.

Dezembrig

Die Ware Weihnacht ist nicht die wahre Weihnacht.

Weihnachtsnüsse

Nikolaus hatte sich in den letzten Jahren nicht mehr gezeigt. Nun war er wieder einmal gekommen. Polternd wie früher, weißbärtig wie immer. Gesegnete Weihnacht! rief er aus, und: Fröhliche Walstatt! Wohlgemut zog er die weißen Handschuhe aus. Heini, der Jüngste, schrie vorlaut: Juchhee! Da mußte der Weihnachtsmann lachen. Mit lockerem Schwinger streckte er Onkel Samuel nieder. Wir freuten uns sehr, daß das Fest so heiter begann und dankten dem Gast: Ei, hast du uns heuer schöne Nüsse gebracht! Flugs stimmte

Klotilde an. Wir sangen so gut wir konnten:

Sankt Nikolaus, Sankt Nikolaus,
komm pack uns deine Nüsse aus!

Er tat's und danach lag Tante Dorette schon neben dem Gatten, selig entspannt wie dieser. Leutselig strahlte der Gast im roten Mantel: Nüsse, ihr Lieben, extra schöne Nüsse für euch, und silberne Sterne direkt aus dem Elsaß! Ein Edelstein blitzte an seiner Rechten, die ohne viel Aufwand Fridolin traf. Der Junge kippte, wir klatschten Beifall und wollten den funkelnden Ring am kleinen Finger des großen Nikolaus küssen als wäre es der eines Bischofs. Nana, mahnte da der Besucher, alles was recht ist! Heini hüpfte und jauchzte: Nüsse und Sterne, Sterne und Nüsse! Er fiel, gefällt, und sah, wonach ihn gelüstet hatte, die Sterne im Elsaß, ihre blitzende Pracht. Klotildchen vergaß sich und kitzelte den weißen Nikolausbart – Ungeduld oder Neugier? Mit ausgebreiteten Armen stürzte sie dankbar in die gewünschte Entrückung. Ich war der Fallenden ausgewichen und rief oder wollte jedenfalls rufen: O glückliche Walstatt! – da stiegen bereits die Sterne, silberne erst, dann in vielen leuchtenden Farben.

Entwicklungshilfe

Hat, wer allezeit satt war, Kraft genug, um sich vorstellen zu können, was Hunger ist? Vermag, wer immer sein Auskommen hatte, sich auszumalen, was Armut bedeutet? In unseren Verhältnissen sind Mittellose entweder Versager oder Pechvögel. Irgendeine Fürsorgeinstanz (so glauben wir hoffen zu dürfen) wird sich ihrer annehmen. In dieser Erfahrungsperspektive betrachten wir die Armut, den Hunger in den ausgepowerten Teilen der Welt als einen, wenn auch überdimensionierten, Fürsorgefall. Gutwillige, die sich für diese Fürsorgearbeit engagiert haben, sind oft verwirrt, sobald sie feststellen müssen, daß die verelendeten, hungernden Millionen weder Versager noch Pechvögel innerhalb unserer ökonomischen Entwicklung sind, sondern deren Opfer. Früher oder später gelangt Entwicklungshilfe an den Punkt, wo sie entweder resignieren oder mit ihren eigenen ökonomischen Voraussetzungen sich selbst in Frage stellen muß.

Gesunder Ehrgeiz

Unentwegt stacheln Wirtschaft und Schulen den, wie sie sagen, »gesunden« Ehrgeiz an. Als wäre Ehrgeiz etwas anderes als eben – Geiz, d. h. verweigerte Solidarität. Deswegen ist, wie Martin Buber in einem Gespräch bemerkte, Erfolg keiner der Namen Gottes.

Der bald heilige Bettler

Der Bettler steht auf der Brücke. Der Bettler hockt an der Ecke. Der Bettler klopft an die Türe. Der Bettler liegt auf der Parkbank. Suchen ihn seine Helfer an der Ecke, so klopft er an Türen. Suchen sie ihn vor Türen, so liegt er auf einer Parkbank. Suchen sie ihn im Park, so steht er auf einer Brücke. Sowohl der Bettler wie seine Helfer scheinen zu fürchten, daß sie einander finden könnten. Bald wird der Bettler, der sich nicht finden läßt, heilig gesprochen von denen, die ihn nicht finden möchten.

Schonkost

Da Gott verschiedene Kostgänger hat, mußte er auch Diätkoch werden. Seine Schonkost wird vornehmlich in Kirchen serviert.

Kreuz

Beliebt, vor allem in Religionslehrmitteln, ist die symbolische Erklärung: »Das Kreuz verbindet oben mit unten, links mit rechts.« Wie denn? Hat Jesus sich hängen lassen, um hierdurch auf die sinnreiche Form des Kreuzes aufmerksam zu machen? Nicht doch! Das Kreuz ist nicht Sinnbild einer Allerweltsideologie der Mitte, es ist ein Galgen, bestimmt für Abweichler und Aufrührer, für Staatsfeinde und Gotteslästerer.

Lavaters Ausruf

Johann Caspar Lavater, dessen sprunghafte Gefühlstheologie Schubart als »geistliche Donquixoterie« beschimpft hat, während zwei Bremer Kaufleute ein neuerbautes Handelsschiff auf seinen Namen tauften und sein Bild am Heck einschneiden ließen – dieser Lavater also tat einmal den Ausruf: »O Kreuz auf Golgotha und beedelsteintes Pektoralbrustkreuz auf der Brust eines gefürsteten Prälaten! wie verschieden und wie eins seid ihr!«

Mittelklasse

A. fragt:
»Kann man Angehöriger der westeuropäischen Mittelklasse und dennoch Anhänger Jesu sein? Seltsame Frage, ich weiß, denn gerade die Mittelklasse ist der Hauptträger des westeuropäischen Christentums. Dieses Christentum treibt, wie der Feigenbaum des Evangeliums, viele Blätter. Täuschender Reichtum! ›Und Jesus sah von ferne einen Feigenbaum, der Blätter hatte, und ging hin, ob er nun auch etwas daran fände. Und als er zu ihm hin kam, fand er nichts als Blätter.‹ (Matthäus 11, 13). Entschuldigend merkt der Evangelist an:

›Es war nämlich nicht die Zeit der Feigen‹ – und Jesus demnach ein Spieler, der sich nicht an die Regeln der Natur halten wollte? Vermutlich will aber die Verfluchung des Baumes, die sein Verdorren bewirkt hat, als Gleichnishandlung verstanden sein, auf die etablierten Träger des damaligen Judentums gemünzt. Jedenfalls galt der Feigenbaum als Symbol für Israel in seiner Eigenschaft als Gottesvolk. Heute, in Westeuropa, ist die Mittelklasse Träger des Christentums, das etablierte Gottesvolk also und wie damals: blätterreich, doch fruchtlos. Darum meine Frage: kann man Angehöriger der westeuropäischen Mittelklasse und dennoch Anhänger Jesu sein?«

B. antwortet:

»Ich mißtraue allem, was rundum zu stimmen, ohne Rest aufzugehen scheint. Sicher, unser Denken, unser Verhalten ist sozial geprägt und klassenspezifisch bestimmt, eine Binsenwahrheit nachgerade, die man leicht zu einer totalen Theorie machen kann, die alles erklärt. Totale Theorien lähmen jedoch unser Beobachtungsvermögen, verführen zur Gewalttätigkeit gegenüber der Wirklichkeit. Totale Theorie ist ein Moloch, ein Allesfresser und Weltverzehrer. Wo sie zugreift, wächst bald kein Gras, kein Leben mehr. Im Verhältnis zu ihr kann Gott, wie ich glaube, nur atheoretisch, als Entordner und Verwirrer auftreten. Angesichts totaler Theorien, totaler Ordnungen und Systeme erinnert er sich – nostalgisch, wenn du willst – des noch jungfräulichen, vielversprechenden Tohuwabohu's, des Chaos' zu Beginn der Welt. Und dann, so stelle ich mir vor, macht er sich auf und beginnt Unstimmiges ins Allzu-Stimmige zu streuen, die totalen Theorien und Systeme zu rechaotisieren. Wer weiß, vielleicht hat er in weiser Voraussicht deiner eben entwickelten Theorie dafür gesorgt, daß Jesus, sein Wortführer, Angehöriger der galiläischen Mittelklasse war. Als Handwerker aus einer Handwerkersfamilie gehörte er faktisch zur damaligen Mittelschicht, die – zugegeben – nicht die mitteleuropäische der Jetzt-Zeit ist. Aber dennoch.«

Mittelmässigkeit

Wer Begriffe wie »Mittelstand«, »Mittelschicht«, »Mittelklasse« sogleich mit der Qualifikation »mittelmäßig« verknüpft, ist nicht einmal mittelmäßig, sondern ein Tor, der weder beobachten noch denken, nur Wortgeklingel nachklingeln kann. Eine Gesellschaft, in der es zudem nicht genügend Mittelmaß, nicht genug Mittelmäßige gäbe, würde sofort unerträglich.

Gute Männer, Frauen

»Guete Ma« (guter Mann), »gueti Frou« (gute Frau) sind in der Umgangssprache der bernischen Oberschicht Anreden an Angehörige der mittleren und unteren Schicht. Nie würden Oberklassige einander so anreden – haben sie triftige Gründe, dies nicht zu tun?

Individualität

Einst konnte Charles-Albert Cingria von den Menschen einer Ortschaft im Wallis schreiben: »Von sozialen Schichten zu sprechen ist ganz absurd, sobald das geringste Individuum derart überlegen ist.« Immer wird soziale Veränderung eine solche zum Schlimmeren sein, wenn sie nicht eben dies befördert und bewirkt: daß das geringste Individuum der sozialen Determination überlegen wird.

Die »Massen«

Die Begeisterung, mit der manche Revoluzzer, die vorgeben, alle Macht dem Volk übertragen zu wollen, von den »Massen« (der Werktätigen) reden, verrät ihren Wunsch, Lenker eben dieser Massen zu werden. Doch wird jedes Volk, das noch nicht zur Masse gemacht worden ist, sich dafür bedanken, eine solche und also lenkbar zu sein.

Die massierte Gesellschaft

Hierzulande ist jeder Bürger Masseur und Massierter zugleich. Die Masseure werden massiert und massieren zu gleicher Zeit Masseure, die ihrerseits wieder zu gleicher Zeit Masseure massieren. So belebt jeder jeden durch Massage und dadurch wird der Kreislauf der Gesellschaft geregelt. Als Formel gilt: A massiert B, während B C massiert, der seinerseits D massiert ... und so fort bis zu Z, der von Y massiert wird, während er A massiert. Was aber geschieht, wenn zum Beispiel L nicht massieren will, weil er auf einen Freitag oder sogar auf Ferien Anspruch erhebt? Für diesen und für ähnliche Fälle ist Massieren außer als Arbeit und Pflicht auch als Vergnügen und Erholung deklariert worden. L will M nicht massieren? Gut, soll er aussetzen und – nehmen wir an – Ferien machen. Anstatt M wird ihm O, der ebenfalls Ferien machen möchte, zugeteilt. Abwechslung ist, man weiß es, die beste Erholung. Also macht L Ferien, indem er O massiert, der seinerseits S massiert – eine Umstellung im System. Auch bei vielfacher Multiplikation solcher Umstellungen ergeben sich im Zeitalter der Computer nicht die geringsten Schwierigkeiten. Entscheidend für den Erfolg des Systems war die Entwicklung einer Sprache, die alle realen oder auch nur denkbaren Vorgänge in Massagebegriffen formulierbar gemacht hat. Eine perfekte Kunstsprache sozusagen, die erst das perfekte Funktionieren des Systems garantiert. Nach ihrer Einführung und Durchsetzung konnte die Wortgruppe »massieren-Masseure-Masseusen-Massage« unauffällig aus dem Verkehr gezogen werden. Diese Wörter, weil in alle anderen eingegangen, waren überflüssig geworden. Heute sprechen die Menschen unserer massierten Gesellschaft nicht mehr von »massierter«, sondern nur von »Gesellschaft«. Dank dieser gelungenen Sprachoperation ist es möglich geworden, das System der massierten Gesellschaft derart vollkommen zu entwickeln, daß niemand mehr die Existenz des Systems wahrnehmen kann. Jeder Bürger schätzt sich glücklich, in einer systemfreien Gesellschaft leben zu dürfen, in der er weder massieren muß noch massiert wird und deren Kreislauf doch so vorzüglich funktioniert, als würden dauernd alle von allen massiert. Mit dem Verbum »massieren« sind auch dessen Subjekte und Objekte verschwunden. Alle sind frei und tun, was ihnen Spaß macht.

Staat

»Beim Himmel: der weiß nicht, was er sündigt, der den Staat zur Sittenschule machen will. Immerhin hat das den Staat zur Hölle gemacht, daß ihn der Mensch zu seinem Himmel machen wollte.« Leider hat sich Hegel über diese Warnung seines Jugendfreundes Hölderlin (im »Hyperion«) später hinweggesetzt. Schwer fällt's, sich auszudenken, wie die Entwicklung nach Hegel verlaufen wäre, wenn der große Denker die libertäre Einsicht des Dichters entwickelt anstatt preisgegeben hätte.

Ware Krankheit

Eine Gesellschaft, in der das Geschäft mit der Krankheit zu einem der volkswirtschaftlich aufwendigsten und individuell einträglichsten hat werden können, ist selber krank.

Retoucheure

Ethiker können heute wenig mehr sein als Retoucheure an ökonomischen Entwicklungen und an Machtverhältnissen, die aus jenen hervorgehen. Gleichwohl: Retoucheur ist ein ehrenwerter Beruf.

Zukunftsbauer

Die Zukunft sollen wir bauen? Viele fordern das jetzt. Doch hierbei denken manche bloß an die künftige Sicherung ihrer jetzigen Privilegien. Andere, forschere, bauen, so fürchte ich, Zukunft wie einen Unfall.

Homöopathie

Mit dem Terrorismus von Einzelnen, von Gruppen ließe sich besser fertig werden, wenn auch der Staat terroristisch würde. Faschistische und staatskapitalistische Diktaturen beweisen es: der Terror der Herrschenden vermag Einzel- und Gruppenterror weitgehend zu verhindern. Wie erst, wenn Terroristen eines Tages z. B. ein Kernkraftwerk als Erpressungsmittel benützen können? Zu befürchten ist, daß im Hinblick auf eine solche Möglichkeit die homöopathische Methode (Staatsterror als Prophylaxe gegen Einzelterror) mehr und mehr auch von nicht-terroristischen Regierungen angewendet werden wird, mit Zustimmung der Verbände, Gewerkschaften, Parteien natürlich.

Frage

Kann technokratische Disziplin uns vor dem Untergang retten oder ist sie schon dessen Beginn?

Gott der Erde?

Daß die Menschheit durch Menschen vernichtbar geworden ist, zeigt an, daß der Mensch eine fast absolute Herrschaft über den Menschenplaneten erreicht hat. Er wurde, sozusagen, zum Gott der Erde. Menschliches, auch tierisches und pflanzliches Dasein ist ihm auf Leben und Tod ausgeliefert. Seither leben wir in einem Dauerzustand gegenseitiger Erpressung. Alle sind die Geiseln aller geworden. Wie kann man so verblendet sein, diesen Zustand »Frieden« zu nennen? Wir werden im Schach gehalten einzig durch die Wahrscheinlichkeit, daß die Vernichtung der einen umgehend zur Vernichtung der anderen eskaliert. Auf was für einen traurigen Gott ist die Erde heruntergekommen! Ihm selber ist alles andere als wohl dabei. Dauernd verdrängt er die Realität seines Erdgott-Seins.

Hitler

Hitler stampft, Hitler hüpft, Hitler tanzt, Hitlers Stirnader schwillt, Hitler lacht, Hitler bellt, Hitler träumt, Hitler denkt laut. Sein Bunker ist kein glühender Ofen. Sein Bunker ist kalt und eisig. Frierend, schlotternd kaut Eva Braun an ihren Fingernägeln. Vergeblich hofft sie auf eine Hölle, in der es warm, in der es auch unterhaltsamer wäre. Mag Hitler stampfen, bellen, hüpfen, reden wie er will, der impotente Bleichling langweilt sie mit seinen Omnipotenzphantasien. Immer dasselbe Gerede, Gebrüll. Overkill! bellt er ein Mal ums andere. Overkill! Overkill! Eva, Evalein, wir haben zu früh gelebt, die Vorsehung, diese Hure, hat uns zu früh empfangen, zu früh geboren. Was wissen die Kretins im Kreml, im Weißen Haus denn anzufangen mit dem köstlichen Overkill? Nichts, und immer nur nichts, sie machen in die Hosen vor Angst. Ah, könnte ich wieder zurück und zeigen, wie man mit so etwas umgeht! Ich hatte damals ja nur Gasofenbastler und Wernher von Braun, den Stümper, den Lehrling! Hitler redet sich in Hitze, während Eva friert. Du wirst sehen, brüllt er, allealle werden es sehen, daß man mich noch brauchen, mich wieder holen wird, verdammt nochmal! Ich habe das Werk, zu dem ich bestimmt bin, noch gar nicht zu Ende bringen können, heute erst stehen die Mittel zu seiner Vollendung bereit. Eva, Evalein, Evaweib, Evateufelchen, ich werde dir alles zu Füßen legen, was mein Herz begehrt: Elektro- und Nukleardiktatur, Bio-, Chemo-, Technofaschismus in perfekter Ausführung, cerebrale und genetische Steuerung, um endlich aus dem wimmelnden Pack jene Übermenschen zu züchten, die des Overkills würdig sein werden, blonde Recken, tapfere Wagner-Weiber. Was ist die von dir ersehnte Hölle gegen ein solches Finale? Ein sentimentaler Furz, nichts weiter, das schwöre ich dir, so wahr ich Adolf heiße! Im Triumph wird man uns aus diesem semitischen Bunker befreien, wenn die Zeit gekommen ist und man mich wieder brauchen wird! Hitler ist hingerissen, Hitler stampft, Hitler hüpft, Hitlers Stirnader schwillt, Hitler träumt laut, Hitler hat begeisterten Schaum vor dem Munde. Und so geht das die ganze Zeit. Frierend, schlotternd kaut Eva Braun an ihren Fingernägeln.

Problemlösung

»Wir hoffen, daß wir dereinst, wenn wir unsere Probleme gemeistert haben werden, uns einer Gemeinschaft der galaktischen Zivilisationen anschließen können.« Dies unter anderem hat der Präsident der Vereinigten Staaten 1977 als Botschaft einer Weltraumsonde anvertraut, die unsere Gegenwart um Jahrmillionen überdauern, auch Jahrmillionen benötigen soll, ehe sie in die Nähe einer eventuellen galaktischen Zivilisation gelangen wird. Bis dann könnten wir unsere Probleme tatsächlich gelöst haben, vor allem das zentrale Problem »Mensch«: dieser wird vielleicht von der

Bildfläche verschwunden sein, sich selbst zum Verschwinden gebracht haben. Unbedenklich werden die galaktischen Zivilisationen dann die Erde in ihre Gemeinschaft aufnehmen können.

In armis veritas

Zweck der Neutronenbombe: die Entmenschung der Städte, Fabriken, Siedlungen. Endlich hat die Zivilisation der Sachwerte den ihr adäquaten Ausdruck gefunden.

Wort zum neuen Tag

Vielleicht werden wir die letzten oder vorletzten Menschen gewesen sein. Was ändert diese Möglichkeit an der Art und Weise, wie wir den heutigen Tag verbringen werden? Nichts. Deshalb ist zu befürchten, daß wir tatsächlich die letzten oder vorletzten Menschen gewesen sein könnten.

Dranmor

»Tout penser sans crainte,
Tout quitter sans plainte,
Tout comprendre sans voir,
Tout aimer sans espoir.«

(Devise des Dichters Dranmor, dessen bürgerlicher Name Ludwig Ferdinand Schmid war und der von 1823–1888 gelebt hat.)

Das Opfer

Der Nazarener: ans Kreuz der im Judentum so gut wie im Christentum und erst recht im Islam bisher nicht auszurottenden Omnipotenzreligion geschlagen, mit der zu allen Zeiten Machtträume und Machtrealitäten legitimiert worden sind. Dagegen E. M. Ciorans Theologoumenon, gekleidet in den Satz: »Tiefinnerlich sich danach sehnen, so mittellos, so erbärmlich wie Gott zu sein.«

Wette

In der Hiob-Erzählung wetten Gott und Satan gegeneinander. Satan setzt *gegen* den Menschen. Gott setzt *auf* den Menschen. Im Falle Hiobs hat Gott gewonnen. Offensichtlich fordert Satan ihn jetzt mit neuen Wetten heraus.

Samsara

Die indische Vorstellung der Seelenwanderung, die auch die Tiere in den Kreislauf der Wiederverkörperung einschließt, mag uns befremden. Dennoch, im Zeichen des Zoozids sollten wir nachdenklich werden über dieses Symbol der Schicksalsgemeinschaft alles Lebendigen.

Katzenmusik

Erst wenn die freie, die heilige Katze in den Straßen gesichtslos gewordener, zerfallender Städte wieder auftaucht, stürzen erstarrte Eulen und erblindete Götter von ihren Säulen, beginnt der Bann sich zu lösen, erlischt der böse Blick der anonymen Tyrannis.

Hei Goethe

Venedig versinkt. Florenz stirbt. Rom hat Krebs. Zürich vergnomt. Paris wird zerfressen. Athen erstickt. Berlin? Ein Schizo-Bild von Schröder-Sonnenstern. Wien vermodert. Die Zerstörung nimmt ihren Fortgang. Ein anderes Wort für Fortgang: Exitus. In seinen Städten bringt Europa sich langsam um. Ungerührt breiten Abendhimmel ihre wechselnden Rots aus, bräunlich patiniert von Abgasschwaden. Nur in Träumen erscheinen noch heiter belebte Städte, wo Gassen, Plätze sich öffnen für Arbeit, Fest und geselligen Umgang. Schon unseren Kindern, erst recht den Enkeln, könnten Träume dieses Inhalts fremd geworden sein. Pisten, Gewimmel, Signale, Chaos, Drill: ist das die Welt, in der sie einst werden leben müssen, von der sie auch träumen werden? Nicht einmal verfluchen werden sie uns, ihre Väter, die das Verhängnis, anstatt es zu verhindern, blindlings beschleunigt haben. Hei Goethe, wird Klein-Otto dann zum Goldfisch sagen, der würdig und stumm im Zimmeraquarium schwimmt, an Tiefseefilme im Farbfernsehen erinnernd, wo ab und zu Natur noch gezeigt wird. Es war Papi, der den Goldfisch Goethe getauft hat. Der Name fiel ihm so ein, er hätte nicht zu sagen vermocht, woher.

Automobilmachung

Fast alle haben Autos und werden, wenn es so weit ist, fliehen wollen mit ihnen. Ich, ein Autoloser, sitze bereits in der Falle, in die sie dann erst noch fahren müssen.

Fortschritt

Früher war man pünktlich. Heute kommen die Leute im Auto und meistens zu spät.

Sankt Florian

Nimm ein Adreß- oder Telefonbuch, schlag auf, schlag nach: wo zum Beispiel wohnen Autobahnplaner, Autoindustrielle, Automobilverbandsbosse? Auf jeden Fall nicht an einer Autobahn. Und wo wohnen Flughafenbauer und Verwaltungsräte von Fluggesellschaften? Sicher nicht in den An- oder Abflugschneisen ihrer Flughäfen. Oder wo leben die Bosse von Chemiekonzernen? Weitab vom Abgas- und Gefahrenbereich ihrer Fabrikanlagen. An Autobahnen, in Flugschneisen und Abgaszonen wohnen jene, dank deren Arbeit die Chefs sich Villen abseits leisten können, abgeschirmt gegen Lärm, in gesundem Grün und abgasarmer Luft. Sankt Florian ist ein Lakai der Mächtigen.

Bedarf

Gesucht sind Macher. Nötig wären Verhinderer.

Lärm

In früheren Zeiten ist Lärm erzeugt worden, um böse Geister von Menschen und Häusern fernzuhalten. Die bösen Geister müssen sich phantastisch vermehrt haben bis heute – anders ist der unablässige Lärm, den wir machen, nicht zu erklären.

Wir Wilde

Selbstgefällig hat der Eurokolonialismus zwischen Wilden und Zivilisierten unterschieden. Heute entdeckt man, daß jene Wilden auf ihre Weise zivilisiert waren und daß unsere Zivilisation, wie Hölderlin sah und sagte, wild und barbarisch wird:

»Ans eigene Treiben
Sind sie geschmiedet allein, und sich in der tosenden Werkstatt
Höret jeglicher Mensch nur und viel arbeiten die Wilden.«

Abortus

Stille kommt zu keiner Geburt mehr, die Frucht wird vorher schon abgetrieben.

Tabu Grün

Hölderlins »*heiliges* Grün«: Die poetische Metapher könnte eines nicht allzu fernen Tages Gebot sein. Pflanzen, Bäume, Wälder werden als heilig, d. h. tabu erklärt werden müssen – dann jedenfalls, wenn die Menschheit Wert darauf legt, weiteratmen, weiterleben zu dürfen.

Atmen

»Der Herr (ist) der Gott des lebendigen Atems in allem Fleisch.« (4. Mose 27, 16) Diese mosaische ist die weltlichste, diesseitigste Gottes-»Definition«, die ich kenne. Insistierend auf dem Elementarsten, das wir sind, auf der atmenden Lebendigkeit, kommt sie ohne Metaphysik aus. Warum ist etwas und nicht nichts? Weil wir atmen können. Und warum können wir atmen? Darauf gibt es zwei Antworten. Die eine lautet: weil eine zufällige Konstellation günstiger Bedingungen auf unserem Planeten das Atmen, damit Leben und schließlich Bewußtsein ermöglicht. Die andere Antwort ist die mosaische: weil eine weltschaffende Lust am Werke ist, die »Gott des lebendigen Atems in allem Fleisch« zu sein wünscht.

Windfänger

Auf dem östlich ihrer Stadt gelegenen Allmendgelände fangen Schulklassen den Biswind ein und füllen ihn in riesige Plastiksäcke ab. Dank ihrer Qualität ist frische Bise gesucht, seitdem die Atemluft nun doch zur Mangelware geworden, ihr Preis im Steigen begriffen ist.

Lichtblick

Unerbittlich zerstören Nutzen und Nutzung diesen Planeten. Das Nutzlose allein hat noch Erbarmen mit uns.

Bach

Am liebsten möchten christliche Ethiker Gott dazu bringen, anwendbar, brauchbar zu sein. Doch bleibt er der Unverwertbare schlechthin, entzieht sich unserem Zugriff – »und im Gefälle der Bäche/Gefällt sich dein Gelächter.« (Yvan Goll)

Letzte Stimme

»Es ist die letzte Stimme eine Stille, in der kein gesondertes Wort mehr ist, sondern die Stimme aus sich selbst. Wenn man aber eintritt zu ihr, dann hört man sie walten in allen und alle erzittern vor ihr.« (Buch Sohar)

Verschwinden

Gegenstände, Tätigkeiten, Pflichten, Erinnerungen, Entwürfe: überfüllte Zeit! Die Menschen und ihre Zukunft,

Gesellschaft oder was deren Fetisch, Enttäuschungen, Resignationen und wiederum Anlauf – komm Hoffnung! –, der Wunsch nach freierem, brüderlicherem Leben auf diesem Planeten, dabei jedoch immer die nie zu beschwichtigende Angst vor einer zuerst noch unauffälligen Wendung, die jenen Zustand einleiten könnte, vielleicht schon eingeleitet hat, wo – wie Michel Foucault im langen Schlußsatz von »Les mots et les choses« sagt (allerdings metaphorisch) – »der Mensch verschwindet wie am Meeresufer ein Gesicht im Sand.« Deshalb zuvor noch: Akkumulationen und Produktionen, Orgien von Besitz- und Behauptungstrieb aus Angst, ja aus Angst vor einem Verschwinden, Erlöschen, das keine Geschichte, nicht einmal Spuren einer solchen hinterlassen wird. Der Gedanke an eine derartige Zukunft erregt, sobald er heftig wird, den wenig tapferen Wunsch, jene erste, noch unauffällige Wendung nicht wahrnehmen zu müssen. Doch nur schon die Möglichkeit, daß sie – unbemerkt, wie gewünscht – schon eingetreten sein könnte, erschreckt.

Sand

Ein Gefühl von Geborgenheit stellt sich durch die Annahme ein, daß Familie, Haus, Umwelt, Freunde uns freundlich überleben werden und daß es nichts besseres gibt als eben dies. Und doch! Leicht könnte sich diese Annahme als Irrtum erweisen, sei es dadurch, daß *wir* es sind, die Familie, Haus, Umwelt, Freunde überleben müssen, oder sei es dadurch, daß diese uns wohl überleben, wir ihnen ihr Überleben im Augenblick unseres Sterbens dann aber plötzlich übelnehmen.

Aus Wohnungen, Zimmern frühmorgens schon aufgebrochen, aus Heimen, Spitälern, Asylen entwichen wenn möglich, füllten sie Straßen und Plätze der Stadt. Greise und Greisinnen ließen sich auf den Fahrbahnen nieder und drohten, teils böse, teils lustig, mit Stöcken und Schirmen. Es war bewölkt. Großväter, Großmütter bemächtigten sich der Busse und Trams, um gratis mit ihnen zu fahren. Rüstige Rentner warfen Fahrzeuge um. Witwen verwickelten Passanten in Dispute, verteilten Manifeste: »GREISE GREISINNEN ALLER LÄNDER VEREINIGT EUCH!« Auf dem Bahnhofsplatz übergoß sich eine noch immer adrette Dame rasch mit Benzin und brannte, ehe sichs jemand versah, lichterloh. Der dicht geschlossene Kreis ihrer Altersgenossinnen ließ Polizei und Feuerwehr nicht bis zu der lebenden Fackel gelangen. Schreie, dann Sprechchor: »BESSER SO STERBEN ALS LÄNGER SO LEBEN!« Dem eben eingetroffenen Rundfunkreporter erläuterte eine verwitwete Juristin die Diskriminierung der Witwen in unserer Gesellschaft. Um acht Uhr war der Verkehr in der Innenstadt zum Stillstand gekommen. Berufstätige erreichten Büros und Geschäfte nur schwer oder mit großer Verspätung. Die Polizei schien ratlos und getraute sich nicht, von Knüppeln und Tränengaswerfer Gebrauch zu machen. Niemand hatte bisher geahnt, wie viele alte Menschen es tatsächlich gab in der Stadt. Neue Transparente tauchten auf: »MEHR GÄRTEN! MEHR PARKS! MEHR GRÜN! MEHR LEBEN!« Daneben winkte ein Spaßvogel mit dem selbstgemalten Plakat: »MEHR SCHÖNES WETTER!« In vielen Varianten wurde gegen einen drohenden Realabbau der Altersrenten protestiert. Durch Megaphone mahnten schnell alarmierte Behördemitglieder zu Ruhe, Vernunft und Ordnung, wurden zum Teil aber ausgepfiffen, verhöhnt. Schon wurden Geschäfte geplündert, Kaffee- und Wirtshäuser besetzt. Und wieder Transparente: »DIE OPFER DER TEUERUNG HELFEN SICH SELBST!« »WANN HÖRT DER MIETWUCHER AUF?« Dauernd bahnten sich Krankenwagen ihren mühsamen Weg durch die Menge. Mit Krückstöcken wurden die Fenster einer Bestattungsfirma eingeschlagen, Warnzettel an ihre Eingangstüre geklebt: »STERBT NICHT MEHR FÜR DIESE FIRMA – SIE BEUTET EUCH AUS!« Da und dort sah man Jugendliche ermüdete Transparentträger ablösen oder für heiser gewordene Demonstranten schreien: »DER TOD IST UNS SICHER – SO VERGESST IHN UND KÄMPFT!« »TRETET DER ALTERSGEWERKSCHAFT BEI!« Besonders aktive Gruppen skandierten noch radikalere Parolen: »WIR FORDERN GRATISWOHNUNGEN!« »BILDET ALTERSKOMMUNEN!« »WENN SIE DIE RENTEN KÜRZEN – REGIERUNG STÜRZEN!« Eine Quartiergruppe hatte Klappstühle mitgebracht und besetzte den Bundesplatz. Am Gerechtigkeitsbrunnen wurde eine Wasserschlacht gegen Hilfspolizisten angezettelt, denen man zuschrie: »AUCH IHR WERDET ALT, AUCH IHR!« Um zehn Uhr empfing der Stadtpräsident eine Abordnung der Alten und sicherte zu, ihre Forderungen beförderlichst prüfen zu wollen. Um 10 Uhr 17 brach ein Sonnenstrahl durch das Gewölk. Vom Klappstuhl herab begann auf dem Bundesplatz ein Sektierer über diesen Erweis des göttlichen Beistandes zu reden, Hallelujarufe ertönten. An der Münstergasse fochten zwei alte Frauen aus unerfindlichen Gründen mit ihren Schirmen gegeneinander. Langsam setzte Abwanderung ein, nur Unentwegte debattierten in kleinen Gruppen weiter. Am längsten blieben Restaurants und Cafés besetzt. Man hörte eine Seniorengruppe singen: »So ein Tag, so wunderschön wie heute . . .« Überall ließen die Demonstranten Zettel und Plakate zurück: WIR KOMMEN WIEDER!« »DER STARRSINN DES ALTERS IST UNSERE WAFFE!« Das Bestattungsamt setzte den Trauergottesdienst für die selbstverbrannte Witwe auf übermorgen um elf Uhr fest. Über Rundfunk und Fernsehen mahnten die Behörden zu Ruhe, Vernunft und Ordnung. Ab Mittag wurde der Appell jede Stunde wiederholt. Er schloß mit den Worten: »Ihr, die Stützen des Staates! Ihr Vorbilder unserer Jugend! Ihr jung gebliebenen Alten: wir vertrauen auf euch! Vertraut auch auf uns!«

Rien ne va plus

Als Kellermann wieder ins Krankenhaus gebracht werden sollte, zog er es vor, die Offizierspistole aus seiner Nachttischschublade zu nehmen und seinen Schädel auseinanderzujagen. Apokalypse auf eigene Faust. Fritz Gabathuler, einst ein besserer Herr: ihm fiel beim Abendessen das Gebiß in den Teller. Indigniert beschwerten sich die Insassen des Altersheims bei der Leiterin. Doch wohin mit den Alten? Schaerer, am Herd seiner Einzimmerwohnung vom Schlag getroffen, sackte über der eingeschalteten Kochplatte plötzlich zusammen und schmorte dahin, bis daß der Geruch verbrannten Fleisches einem der Hausbewohner auffiel. Das sind die wahren Horrorgeschichten, wie sie kein Kino, kein Fernsehen zeigt.

Hader mit Leibniz

Ohne Zeit- und Ortsgefühl dämmert Daisy Schmitt in arteriosklerotischer Bosheit dahin, grundlos scheltend mit ihrem fünfundsiebzigjährigen Mann, der sie im Pflegeheim täglich besucht und den Nachmittag mit ihr verbringt, beschwichtigend, schweigend, sich beschimpfen lassend, innerlich Tröstung suchend bei der Philosophie, in der er sich auskennt. Mit Leibniz, der behauptete, diese Welt sei die beste aller möglichen, habe er gebrochen. »Ein Narr, ein idealistischer – war Buddha nicht klüger? Die Welt, wie sie ist, ist etwas, was besser nicht wäre.« Schmitt hat seine Frau sehr geliebt, liebt sie noch. Rebellisch blitzen seine Äuglein durch dicke Brillengläser: »Schwätzen uns Schein für Sein auf, die Leibnize, doch der letzte Akt enthüllt die Wahrheit der Wirklichkeit.« Und die wäre? Daß der Tod der letzte Feind ist vielleicht, Leben sein täuschend hübscher Helfershelfer? »Ungefähr so«, nickt Schmitt, »es lächelt uns einnehmend zu, dieses Leben, dabei wetzt es schon das Messer, dessen

Aufblitzen die Leibnize flugs für ein Wetterleuchten göttlicher Weisheit halten.«

Die stummen Brüder

So geschäftig und geschwätzig Kapitalismus und Marxismus, die entzweiten Brüder, auch immer sein mögen: zum Thema Tod fällt ihnen nichts ein, während christlicher Glaube doch wenigstens seufzen darf:

»Sieh auf mich,
wie ich verdorre vor Dir.
Stärke den Schrei,
der verwimmert in mir.«

(Hugo Ball)

Voyeurismus

Voyeurs, elende, die wir an Sterbebetten, aufgewühlt oder kühl, die schrecklichste Vergewaltigung eines Nächsten beäugen, ohne uns der Dreistigkeit zu schämen, weiterzuleben, während er stirbt.

Thanatologie

»Tot-Sein ist schön!« versichern jetzt Todesforscher im Schatten des Overkills und der Weltvergiftung. So hat jede Zeit die ihr gemäßen Hofprediger und Heilspropheten (die im Alten Testament oft falsche Propheten waren). Doch wer weiß, vielleicht ist der Tod wirklich schön, doch anders, als Agonieschnüffler erfahren können?

Madame La Mort

Polizisten trillern. Menschen tanzen über die Straße: fliegende Röcke, hüpfende Greise, Schrittgewirr, exotisch bunt eine Reisegesellschaft. Die Augen, entzückt, verlieren sich. Schräg vorüber, wuchtig, millimeternahe: ah voyons, Madame La Mort! Bebrillte Ausdruckslosigkeit dreht das Gas auf. Ein Taxi stößt mir die Hupe ins Herz. Mit blechernen Krallen steigt ein Bus empor – pas de quoi, pas de quoi, Madame, ich bin ja ganz der Ihre.

Gott Tod

Die mystische Hochzeit des Motorradfahrers mit seiner schnellen Maschine, wodurch diese zu einem Organ des Menschen, der Mensch zu einem Organ der Maschine wird, ist eines der erregendsten Symbole dieser Zeit die, immer stärkerer Dopings bedürftig, die Nähe des Todes als eines der wirksamsten Vitalstimulantien wiederentdeckt hat. Da andere Götter sich verflüchtigt haben, zelebriert von neuem Gott Tod die Lebensfeier.

Der Langsame

Im Zeitalter blinder Beschleunigungen begegnet Gott unter dem Aspekt der Langsamkeit. »Langsamer Mann« war Oskar Loerkes Bezeichnung für Jesus:

»Schon brennt die Welt, langsamer Mann,
im Aufgehn deiner Wunde.
Dann kommst du selbst, langsamer Mann,
heran aus ihrem Grunde.«

Und bei E. M. Cioran lese ich jetzt: »Solange der Mensch im Schlepptau Gottes war, kam er langsam voran, so langsam, daß er es nicht einmal wahrnahm. Seit er in niemandes

Schatten mehr lebt, beeilt er sich und klagt darüber und würde alles geben, um den einstigen Rhythmus wiederzufinden.«

Die Wortlosen

Wir haben keine Worte für Sterbende mehr. Die Verlegenheit an Sterbebetten ist monströs. Hilflos schlägt Verlegenheit in Verlogenheit um. Die Sterbenden freilich zeigen Mitleid mit uns und verzeihen, denn sie erinnern sich der eigenen Wort- und Hilflosigkeit an Sterbebetten. Wir gehören einer Zivilisation an, die zwar den Tod industriell zu produzieren, nicht aber zu integrieren versteht.

Nachher

Nach dem Tode? Wenn Gott will, daß nach dem Tode nichts ist, ist »nichts« gut. Wenn er will, daß etwas ist, ist »etwas« gut. (Mögliche Antwort)

Hypnos

Schlaf jetzt, Schlaf einst – das nicht wegzudenkende Mysterium des Körpers, der Seele. »Alles, was in mir ist, und alles, was um mich herum ist, bleibt nach wie vor in eine nächtliche Ruhe getaucht, die nicht abbricht. Dieser Schlaf tief innen in meinem Leben kann nicht enden.« (J. M. G. Le Clézio, L'extase matérielle)

Kuckucksei

Den Spiritualisten, Idealisten etc. hat das Evangelium ein Kuckucksei ins Nest gelegt: »Auferstehung des Leibes«. Man kann nur gespannt sein, was da einmal, zur Überraschung der Ätheriker, ausschlüpfen wird. Sterben wir einer Ewigkeit des Körpers entgegen?

Materie

Als Glaube an die Qualität der Welt ist Schöpfungsglaube ein Glaube an die Qualität der Materie.

Bank

Daß es schlimm ist, noch schlimmer zu kommen droht, ist für jeden, der seine Augen offen hält, wahrscheinlich. Pessimismus ist schwer widerlegbar. Zerstörung, Zerfall und Tod sprechen eine zu deutliche Sprache. Dennoch wendet sich nicht immer alles zum Schlimmeren, auch wenn dieses bis zum eingetretenen Gegenteil zu befürchten bleibt. Die Möglichkeiten, daß sich die Dinge anstatt zum Schlimmeren dann doch noch und nicht voraussehbar zum Besseren wenden, ist das heimliche Kapital, von dem ich, auch mit geöffneten Augen, leidlich zu leben vermag. Es liegt, dieses Kapital, auf der (ich räume ein: zu langen, zu langsamen) Bank, die, weil ihr »alle Dinge möglich« sind (Matthäus 19, 26), selbst das Unwahrscheinliche, das ich ihr skeptisch anvertraue, treu verzinst. Leichtsinnig, schwergläubig lebe ich so von Kapitalien, die nicht figurieren im Voranschlag des Pessimisten, der in die zu lange und doch überraschend solide Bank insgeheim mehr Vertrauen hat als in den eigenen, ach so weltklugen Pessimismus.

Hoffnung

Noch immer spricht Hoffnung aus dem Satz, daß Gott kein Macher, sondern ein Schöpfer ist.

Wiederbringung

Hätten Tote Stimmen, ausgeschlossen wäre es, Geschichte schreibend Ordnung in die Geschichte zu bringen. Historiker kämen kaum noch dazu, auch nur das kleinste ihrer Kapitel abzuschließen. Proteste, Korrekturen, Zwischenrufe, Dementis der Toten würden ein eben skizziertes Geschichtsbild prompt wieder zerstören. Vergangenheit bliebe in Fluß wie Gegenwart. Erst das Schweigen der Toten läßt den Fluß der Geschichte zu statischen, d. h. beschreibbaren Gebilden vereisen. Ein Tag, der Tote wiederum zu Leben und Stimme erweckte, würde die Eisgebilde auf- und einschmelzen in den Strom bewegter, unabgeschlossener, unübersichtlicher Gegenwart. Spekulative Deutung hat aus der Epheserstelle (1, 10), wonach in der Fülle der Zeiten alles, »was in den Himmeln und was auf Erden ist«, in Christus zusammengefaßt werden soll, die Lehre von der »recapitulatio« (Irenäus), der Wiederbringung aller Dinge abgeleitet. Hat man sich diese vorzustellen als überwältigende Gleichzeitigkeit alles dessen, was jemals war? Zu erhoffen wäre die Wiederbringung aller Besiegten, Unterlegenen, Verstummten und selbst in historischen Quellen für immer zum Schweigen Verdammten. Klagt nicht ihr Schweigen die Geschichtsschreibung an, die Sprache der Sieger, der Stärkeren zu sprechen, als wäre sie die Sprache Gottes selbst? Doch welchen Gottes? Des »Allmächtigen« etwa? Die Sprache *Jesu* ist dem Schweigen der Besiegten jedenfalls verwandter als der Beredtheit der Sieger und ihrer Chronisten.

V

Unter der Hintertreppe der Engel

Wir werden uns mit persönlichen Gewißheiten zufrieden geben müssen, mit dem »Anschein«, der sich auf Träume, Ahnungen, Ekstasen, ästhetische Emotionen gründet. Auch das ist eine Art der Kenntnis, nur ohne »Argumente«.

Mircea Eliade

Maler

Ikonenmaler beten, bevor sie zu malen beginnen. Wogegen andere zu malen anfangen, weil sie nicht anders beten können als malend. Und nochmals andere malen, ohne an Beten zu denken. Bilder, die nachher sind wie Gebete.

Ziel

Um zart und genau zu werden: Mehr wird nicht erwartet, mehr will nicht erreicht sein.

Ortungen

»Der da oben«? Nicht weniger: der da unten, die da hinten, das da vorne – verläßliches Dunkel, dem hie und da eine flüchtige Klarheit entblitzt.

Unter der Hintertreppe der Engel

»Unser großer Freund da oben, dessen Heiterkeit aus Kratern steigt«: diese Anrede Charles-Albert Cingria's soll Gott für einen Tag und für eine Nacht närrisch gemacht haben vor Glück. Woher ich das weiß? Es wurde auf der Hintertreppe der Engel, unter der ich damals (1925) hockte, davon erzählt.

Verwirrwort

Leichter fällt mir, das Wort »Gott« in Texten zu gebrauchen, die ich schreibe, als dasselbe Wort im Gespräch zu verwenden. Mißtraue ich der objektiven, d. h. sozialen

Funktionsfähigkeit dieser mir subjektiv doch so wichtigen, bisher durch keine andere ersetzbaren Vokabel? In immer mehr Gesprächen erfahre ich, daß das Wort »Gott« aufhört, ein konventionelles Wort in dem Sinne zu sein, daß bei seinem Gebrauch eine minimale Konvention, d. h. Übereinstimmung, vorausgesetzt werden dürfte. Eher ist das Gegenteil der Fall, wird »Gott« zum Verwirrwort, ist nicht mehr nur »geniale Abkürzung vieler Dinge« (Ludwig Hohl), sondern Kürzel für alles und nichts, Chiffre für Wirrnis und Wüste (Tohu-wa-Bohu, 1. Mose 1, 2). Daß ein Wort da ist, das für alles und nichts stehen kann, stehen muß, und das fähig ist, widersprüchlichste Vorstellungen, Erwartungen aufzunehmen, auszuhalten, nimmt mich zwar erst recht für es ein, macht ein solches Wort jedoch untauglich zur spontanen Verwendung in Gesprächen.

Unmögliche Verteidigung

Vor dem Gebrauch des Wortes »Gott« in Gesprächen schrecke ich auch deswegen zurück, weil immer mehr Gesprächspartner mich dazu verleiten wollen, dieses Wort, damit Gott selbst oder meine Vorstellungen von ihm zu verteidigen. Gott aber kann nicht verteidigt werden, weil dabei der, den wir zu verteidigen glauben, im Handkehrum nicht mehr Gott ist, sondern eines seiner Surrogate zur Rechtfertigung unserer selbst. Wer ihn verteidigt, hat ihn bereits verlassen, verloren.

Furcht

Ich fürchte eine Welt, in welcher der permanente Widerspruch des Gekreuzigten nicht mehr vernehmbar wäre.

Transzendenz

Dessen unfaßliche Macht sich darauf gründet, keine zu haben. Oder jedenfalls keine in einem uns geläufigen Sinn.

Frage

Gott, so denkt man oft, so verkünden Eiferer lauthals, sei Antwort. Spröder sagt die Bibel, daß er Wort sei. Und wer weiß, vielleicht ist er meistens Frage: die Frage, die niemand sonst stellt.

Jetzt, wie byzantinisch

Dämmerung, geborgen in Gold. Eintretende Frauen, Männer entzünden sich Kerzen. Manche tupfen das Zeichen des Kreuzes an Stirne und Schultern, nicht flüchtig oder obenhin, sehr langsam, mit Fingerspitzen voll Nachdruck. Bis jede Bewegung erstarrt. Kinder, im Vorhof jetzt reglos über das Auge einer Marmel gebeugt. Die Sonne steht im Zenith. Stille – als ginge, wie einst, der Kabod vorüber. Im Glutgefolg Angst, schon immer verstorben zu sein – bis eines der Kinder fortrennt. Danach wieder Schritte, Stimmen, Geräusche auch. Was innehielt, kurz, verwirrt sich von neuem in Leben, Umtrieb, Staub.

Es, Ich

Gott: Es oder Ich? Das Sein oder der Ich-Bin (2. Mose 3, 14)? An dieser Frage scheiden sich griechisches Denken und biblischer Glaube. Seit der patristischen Zeit versuchen Theologien mit der Verbissen- und Vergeblichkeit eines Sisyphos, aus dieser Antithese heraus- und hinaufzukommen auf die Höhe einer Synthese, von der aus das Sein als der Ich-Bin, der Ich-Bin als das Sein einzuleuchten vermöchte. Doch scheint das Ziel nicht erreichbar und jenem anderen Welttag zugehörig zu sein, da der Ich-Bin »alles in allem« (1. Korinther 15, 28), d. h. das Sein werden wird.

Gegenbeweis

Der Gottesbeweisern nur immer beweist, daß der Bewiesene nicht der zu Beweisende ist.

Andere Wörter

So gut wie nie drang unter der Hintertreppe der Engel das Wort »Gott« an meine Ohren. Andere, teils alltägliche, zum Teil noch nie vernommene Wörter, Sätze schienen auf ständig wechselnde, jedoch immer vollkommene Weise das ausdrücken und mitteilen zu können, was unsereiner plump mit dem abgegriffenen Wort »Gott« bezeichnet.

Negative Theologie

»Selig, wer zur unendlichen Unkenntnis hinabgestiegen ist:« rief der fromme Evagrius Ponticus im 4. Jahrhundert aus. Negative Theologie solcher Art, hochintellektuell und ekstatisch zugleich, dürstet nach dem Absoluten, nach einer Begriffslosigkeit, in der sich selbst der Begriff »Gott« in nichts – und so in alles – auflösen wird.

Vermutung

Ein Gott, der kirchenförmig gedacht wird, hindert die Kirche daran, gottesförmig zu werden.

Heilige Geistin?

Im alttestamentlichen Hebräisch ist »Geist Gottes« (d. h. Gott in seinem je heutigen Handeln, Realisieren) ein weibliches Wort. Auf dem Wege von Osten nach Westen, aus dem Semitischen in die europäischen Sprachen hat es eine Geschlechtsumwandlung durchgemacht. Die Vermännlichung auch seines Geistes verzerrte den europäischen Gott ins einseitig Maskuline. Könnte das mit ein Grund dafür sein, daß der heilige Geist sich im Bewußtsein so vieler europäischer Christen immer mehr verflüchtigt hat? Wie denn überhaupt ein universaler Gott, dem einzig noch männliche Züge und Eigenschaften zugestanden werden, gerade dadurch aufhört, universal und überhaupt realitätsbezogen zu sein. Könnte sich langfristig etwas ändern, falls wir begönnen, von der heiligen Geistin zu sprechen?

Frau Weisheit

Der urbane Verfasser des alttestamentlichen Buches »Sprüche« scheut sich nicht, dem Weltenschöpfer in Gestalt von *Frau* Weisheit eine Gespielin zuzugesellen, »von Anbeginn an, vor dem Ursprung der Welt« (8, 23). Den männlich gedachten »Herrn« ergänzt sie mit ihrer emotionalen Spontaneität und Spielfreude. Sie »war lauter Entzücken Tag für Tag und spielte vor ihm allezeit«, hatte ihr »Ergötzen an den Menschenkindern« (8, 30/31). Gewiß: traditionelle, höfische Rollenverteilung auch hier. Und doch wurde ein kühner Versuch gewagt, das einseitig männliche Gottesbild zu erweitern. Ostkirchliche Lehre und Mystik tat gut daran, hier anzuknüpfen und »Frau« Sophia in ihre dogmatische und liturgische Tradition aufzunehmen.

Hit

Ich hörte sie auf der Hintertreppe einander grüßen, vor sich hinsummen auch: »Im Namen des Vaters, des Sohnes und der Heiligen Geistin.« Was soll das? Wollen sie mich, der kleinlaut unter den Stufen im Staube kauert, verhohnepiepeln? Sie trällern's wie einen Hit.

Elisa & co.

Glatzkopf, Glatzkopf, komm doch herauf! höhnten Bethels Bengel den Propheten Elisa. »Da wandte Elisa sich um, faßte sie scharf ins Auge und fluchte ihnen im Namen des Herrn. Und zwei Bärinnen kamen aus dem Wald und zerrissen 42 von den Kindern.« (2. Könige 2, 24) Ein Knabenmord, ebenbürtig dem bethlehemitischen. Dick auftragende Heroenlegende? Hirngespinst fromm-verschrobener Schreibtischtäter? Sicher ist: nie würde Fritz Laederach so reagieren, auch nur so reagieren *wollen*. Eher würde er mit entsprechendem Spott antworten oder einfach etwas von »Schnuderbuben« murmeln und weitergehen. Aber Elisa ist nicht Fritz Laederach, kein Gärtner, er ist mehr (mehr?), ist Prophet Gottes und das verpflichtet – will man dem Schreiber des 2. Könige-Buches glauben, was ich nicht tue – zu zorniger Humorlosigkeit, zur beleidigten Verfluchung »im Namen des Herrn«. Einen Erfahrungskern dürfte die Geschichte immerhin haben: Propheten sind oft unverträglich, der Umgang mit ihnen ist schwierig, ich wollte mit keinem zusammenleben müssen. Auch ihrem Auftraggeber sind sie nicht selten lästig geworden, so daß er sie desavouieren, zurückpfeifen, zurechtweisen mußte, man denke an Jona. Leicht wird, wer im Namen des Herrn daherkommt, zum humorlosen Rechthaber. Zugegeben: Verstocktheit und Feindseligkeit (bis zur Verfolgung) mit denen Propheten es bald zu tun bekommen, sind dem Humor nicht eben förderlich. Und dennoch, dennoch bete ich, wenn schon nicht zum Fluchherrn des ergrimmten Elisa, so wenigstens zur Wald- und Honiggöttin der Bärinnen, Bären: Beschütze uns jetzt und immer vor Elisa & Co.!

Bindung

Sage mir, mit welchem Gott (oder welcher Art von Atheismus) du umgehst, und ich sage dir, wer du bist. Umgekehrt auch: zeige mir, wer du bist, und ich sage dir, mit welchem Gott (oder mit welcher Art von Atheismus) du umgehst. Jedes Positiv- oder Negativbild von Gott wird mit uns selbst entworfen. Religion ist »Bindung« auch in dem Sinne, daß Gott ebenso an unsere Subjektivität wie diese an Gott gebunden ist.

Härte

Oft redet das Alte Testament von Gottes Härte, was besagt: er ist unbestechlich, nicht lenkbar durch uns (etwa auf magische Art), er bleibt souverän als Recht-Schaffer und Unrecht-Richter. Ist er hart, weil er zwingen kann? Eher denke ich wie Ludwig Strauss, der, biblisch-jüdische Denkwege weiter verfolgend, den Satz prägte: »Daß Gott uns nicht zwingt, das ist seine Härte.«

Befehle

Ohne Befehle geht es nicht – und wäre es nach der unmerklichen Art, wie Regen den Wurzeln, Sonne den Blättern, die Blüte ihrem Apfel befiehlt.

Säume

In seiner Berufungsvision sieht Jesaja Jahwe auf dem Hochthron sitzen »und seine Säume füllten den Tempel« (Jesaja 6, 1). Was Tempel – d. h. Kult, Religion, Theologie – zu fassen vermögen, ist allemal nicht Gott selbst, sind höchstenfalls seine Säume. Priester, Theologen: Saumpfleger Gottes.

Relation

Im Verhältnis zu den Religionen muß Gott etwa sein, was das Meer zu Wellen, die wir an einen Hafendamm schlagen sehen.

Rituale

Knöchelspangen, Armringe klirren. Jünglinge rühren Sandix an. In Feuern werden Schlangen geröstet. Hölzer beginnen zu klappern: ein bunt bewimpelter Priester hebt langsam zu tanzen an. Männer, Frauen, bald wie in Trance, bewegen sich hinter ihm her. Hühner entflattern. Der Mondstand ist günstig. Gesang und Gemurmel im rhythmisch sich bewegenden Kreis der Erwachsenen. Kinder schlüpfen zwischen Beinen hindurch. Fasane bluten, Opfer bringen die Welt in Ordnung, so daß am Ende der Nacht die Sonne wieder erscheinen kann, reitend auf kleinen heiteren Pferden aus Staub.

Nicht begreifen

»Mehr und mehr staune ich über die Zahl der Dinge, die ich nicht begreife.« (J. M. G. Le Clézio) Eine billige Lösung wäre es, Unbegriffenes in die Transzendenz, auf »das Abstellgleis der Vernunft« (Ernst Jünger) zu schieben. Ebenso billig freilich die Hoffnung, »Forschung« werde eines Tages alle Dinge begreifbar gemacht haben. Was für ein tödlicher Tag müßte das werden! Der Engel der seligen Unkenntnis erspare ihn mir.

Polykosmos

Den physikalischen Kosmos bestimmen Zahlenverhältnisse, den psychischen Kosmos Bilder, den sozialen Kosmos Sprachen. Wer diesen Polykosmos auf einen Monokosmos reduzieren, etwa allein den physikalischen Kosmos gelten lassen will (wie der gute Pastor S. in Hamburg), schließt sich dadurch aus den Welten der Bilder, der Sprachen aus und in die Formel- und Zahlenwelt ein.

Unbelehrbar

Alle Argumente, die gegen Gott, auch unmittelbar gegen seine Existenz, vorgebracht werden, finden mich wehrlos. Ihrer Verstandesschärfe habe ich wenig, oft nichts entgegenzusetzen. Dennoch hindert mich etwas wie leichtfertige Unbelehrbarkeit daran, sie so ernst zu nehmen, wie sie genommen sein möchten. Atheistische, agnostische Freunde kann ich nur um Nachsicht bitten: ich weiß, wie wenig fair es ist, sich Argumenten, die man nicht widerlegen kann, schließlich auch gar nicht mehr widerlegen will, mit dem Bekenntnis zu entziehen, daß man Gott nicht für eine durch Schlußfolgerungen bestreit- oder beweisbare »Größe« hält.

Transzendenz

Von den primitiven Religionen über die Kabbala bis zu Simone Weil, Heidegger, Ernst Jünger findet sich in verschiedenen Varianten die Vorstellung, daß Gott, nachdem er die Welt geschaffen hat, vielleicht noch eine Weile in ihr anwesend gewesen ist, sich von seiner Schöpfung teilweise oder ganz zurückgezogen habe. Ob dieser Rückzug als raumschaffende Gnade (Kabbala) oder als Sinnentzug gedeutet wird, jedenfalls könnte aus ihm der Gedanke der Transzendenz, d. h. der Jenseitigkeit Gottes entstanden sein. Wie aber, wenn Gott sich in diesseitige Unauffälligkeit zurückgezogen hätte, ins Inkognito dessen, was nichts gilt, nichts ist, nichts bedeutet im Denken der Philosophen, im Kalkül der Machthaber und Machtsucher oder in der Erwartung derer, die süchtig sind nach theophaner Überwältigung? Einst hörte ein persischer Mystiker, der einen Apfel in seiner Hand betrachtete und zu sich sagte »Dieser Apfel ist zart«, eine Stimme murmeln »O schämst du dich nicht, *meinen* Namen einer Frucht zu geben?« Zartheit als Name, als Inkognito Gottes auch – das könnte jene Unauffälligkeit meinen, in die Gott sich vielleicht zurückzog.

In der Kälte

Einer, der sich Sorgen macht, sich fragt: Wie nur vermag ER in unserer Kälte zu überwintern? Wird ER sie überstehen?

Reverenz

»Was immer auch geschieht, wir sind verloren.« (Mircea Eliade) Aber man darf nicht daran denken, sagt G. Vielleicht *können* wir nicht ernstlich daran denken, solange wir weiter leben, weiter atmen und so dem »Gott des Lebensodems in allem Fleisch« (4. Mose 27, 16) die Reverenz erweisen.

Im Staub

War möglicherweise alles, ob grandios, ob kläglich, ein einziger Umweg? Und über uns weg eilen leichte Füße die Hintertreppe auf und nieder, während wir im Staub einer Geschichte versinken, die wir für Fortschritt gehalten haben.

Ist Gott Atheist?

In einem Punkt scheint Gott weniger frei zu sein als wir: er kann nicht Atheist sein. Ist er also dazu verurteilt, Theist zu sein, er, »der an nichts gebunden ist, der nichts vor sich hat, das ihn bewegen sollte, sondern der frei ist« (Friedrich Christoph Oetinger)? Was immer einer Determination unterliegt – und wäre es die, Theist sein zu müssen, nicht Atheist sein zu können – kann per definitionem nicht Gott sein. Gott ist Gott, er ist nicht -ismus, auch nicht Gottismus (= Theismus). Spitzfindigkeiten, ich weiß. Zu zeigen bleibt, daß marktläufige Begriffe wie Theismus und Atheismus zuletzt doch untauglich bleiben, nur karikaturistisch noch anzuwenden sind. Sie verfehlen gleichermaßen das, was Gott wäre, falls er ist, wie das, was sein Fehlen bedeuten würde, wenn es Tatsache wäre.

Der leere Thron

Die altisraelitische Bundeslade hatte die Gestalt eines Thrones. Im Unterschied zu ähnlichen Kultthronen der Antike war sie von keinem Gottesbild besetzt. Darin manifestierte sich, wohl erstmals in der Geschichte, der Glaube an die Unverfügbarkeit, deshalb auch Nichtdarstellbarkeit Gottes. Darüber hinaus könnte die Leere des Gottesthrones als Weigerung Jahwes gedeutet werden, nach Art konventioneller Monarchen und Monarchengötter zu herrschen. Verglichen mit uns bekannten Herrschaftsformen kann seine Theokratie sehr wohl als Anti-Herrschaft, als Nicht-Herrschaft sogar erscheinen. Die spätere Vorstellung des im Himmel thronenden Gottes dürfte dann als mythologisches Bild für die gänzliche Andersartigkeit göttlichen Waltens – für sein totaliter aliter! – aufgefaßt werden. Beides zusammen – leerer irdischer plus eingenommener himmlischer Thron – signalisieren Geheimnis und Ziel des göttlichen Wollens: *die Herrschaft der Freiheit.*

Einwand

Du mit deinen Gedankengängen im theologischen Labyrinth (sagen manche), das interessiert doch keinen Menschen mehr, du vergeudest deine Zeit! Mag sein, vielleicht gebe ich mich Abschweifungen, Ausschweifungen hin. Doch wie, wenn allein das Nutzlose noch Erbarmen hätte mit uns? Im übrigen will mir ein Wort, das ich unter der Hintertreppe hörte, nicht aus dem Sinn: »Die Straße der Ausschweifungen führt zum Palast der Weisheit.« (William Blake)

Zart und genau

Zart und genau: das sind ästhetische Kategorien. Nicht weniger sind es theologische. Vor allem sind es Kategorien einer Gerechtigkeit, die göttlich zu nennen erlaubt ist, weil ihr Recht nicht dem Willen entspringt. »ein jeweiliges Machtverhältnis zu verewigen« (Nietzsche), sondern dem Willen, zart und genau zu sein, d. h. den Menschen, den Dingen zutiefst gerecht zu werden.

Wunder

»Zart und genau« meint ferner: die Wiederentdeckung des täglichen Wunders, das Außerordentliche des Selbstverständlichen, die Heiligung des Banalen, die Verwandlung des homo faber in den homo admirans.

Fürbitte

Gebet als Fürbitte kann ein Versuch zur Bemächtigung, zur Fernlenkung anderer sein, aber auch eine Äußerung hilfloser Zärtlichkeit, der Wunsch, einen anderen Menschen und die Wege, die er geht, liebend zu meditieren.

Sprache der Zukunft

Auch ich kann nicht beten. Ich glaube, man sieht uns allen an, daß wir nicht beten können. Man sieht es auch denen an, die weiterhin beten oder zu beten meinen. Dennoch kann ich mir die Sprache einer besseren Zukunft nicht vorstellen ohne etwas wie Gebete.

Alles in Allem

Vielleicht ist Ek-sistenz ein Produkt von Ek-stase, Schöpfung das Aus-sich-Heraustreten Gottes (Ur-Sprung im wörtlichsten Sinne), mit dem Ziel, »alles in allem« (1. Korinther 15, 28) zu werden, schaffend sich ins Geschaffene zu verlieren, im Geschaffenen sich neu und anders zu finden.

Durchreise

Gott reist durch – durch uns hindurch. Vielleicht läßt er etwas mitlaufen von uns?

Im Unsternzeichen

Als man noch Ideen hatte! Inzwischen ist Ideenmangel zur Norm erklärt worden, Ideenfülle wird als Spekulation verunglimpft, als seriös gilt einzig noch Spekulation mit Wertpapieren und Immobilien. Was Wunder, daß Theologie, daß Philosophie ins Unsternzeichen der grauen Mäuse eingetreten sind.

In Tyrannum!

Wenn Gott ein Tyrann ist, muß man ihn stürzen. Sein Sturz wird zugleich zeigen, daß der Tyrann nicht Gott war, vielmehr ein Popanz tyrannisch Gesinnter, tyrannisch Gewillter.

Pfingsten

Im Pfingstgeschehen schäumte die dreieinige Gottheit, wenn man so sagen darf, über. Sie teilte, verteilte sich:

> . . . lieber
> als einsamer Herr zu sein
> fließt sie über
> in Menschen hinein.

Demokratie Gottes

Muß am ursprünglichen Begriff »Reich« oder (sprachlich genauer) »Königreich Gottes« festgehalten werden? Gegenüber Israels Nachbarmonarchien, vor allem dann in Antithese zum römischen Imperium hat dieser Begriff die *andere* Herrschaft eines *anderen* Herrn bezeugt. Solange es Oligarchien, Diktaturen usw. gibt, wird »Königreich Gottes« immer eine Parole voll polemischer Zeugniskraft bleiben. Dennoch könnte man vermehrt auch von der »Demokratie Gottes« sprechen, im Unser-Vater beten (Matthäus 6, 10): »Deine Demokratie komme!« Daß Gott »alles in allem« (1. Korinther 15, 28) werden will, deute ich nicht als den Wunsch nach totalitärer Theokratie. Ich stelle mir im Gegenteil eine Theodemokratie vor, eschatologische Inkarnation und Immanenz Gottes in allen Menschen, Beziehungen, Institutionen – Entfaltung der Dreifaltigkeit zur Allfaltigkeit sozusagen: und »die zaubervollen Klänge der Marseillaise mischen sich in das Te Deum laudamus.« (Ludwig Derleth)

Dreieinigkeit

Die wohl genialste Leistung christlicher Theologie ist die Lehre von Gottes Dreieinigkeit. Mit ihr wurde den gängigen Vorstellungen vom himmlischen Patriarchen, König, Autokraten der Abschied gegeben. Gott wird als Gemeinschaft gedacht, in der alle alles miteinander teilen. »Die ganze Gottheit spielt ihr ewig Liebesspiel ...« (Quirinus Kuhlmann) Das Fehlen des weiblichen Elementes zeigt, daß es sich, trotz Vater-Sohn-Titulatur, um keine Familie handelt, wie andere Religionen Götterfamilien kennen. Die Trinität ist nach außen hin nicht verschlossen, öffnet sich – durch die zweite und dritte Person betontermaßen. Ihre Eigendynamik (die diejenige der Liebe ist!) will andere, will z. B. uns Menschen ergreifen und einbeziehen. Unter anderem Gesichtspunkt freilich erscheint das Fehlen des weiblichen Elements als Mangel. Auch die Dreieinigkeitslehre kann ihre historische Herkunft aus einer Männergesellschaft nicht verleugnen. Mehr als dieser Mangel beschäftigt mich aber die Frage: wie kommt es, daß das gängige Gottesbild der auf den Namen des dreieinigen Gottes getauften Christen dennoch dasjenige des Patriarchen, des Königs und Autokraten geblieben ist? Hängt das zusammen mit Erfahrungen in einer Gesellschaft und in Kirchen, die offenkundig oder insgeheim autoritär strukturiert sind? Sicher ist: die Trinität meint einen Gott, der, weil er wesenhaft Liebe ist (1. Johannes 4, 8), Liebe auch praktiziert als dreieinige Liebesgemeinschaft, die das zulänglichste Bild des *einen* Gottes sein dürfte, das wir uns machen können.

Verräterisches Manko

Mir ist kein Glaubensbekenntnis einer christlichen Konfession bekannt, dessen Haupt- und Zentralsatz lautet: »Gott ist Liebe« (1. Johannes 4, 8.16). Dementsprechend sieht die Kirchen- und Konfessionsgeschichte auch aus.

Extra caritatem nulla salus

»Außerhalb der Kirche kein Heil.« Neutestamentlich müßte der Satz aber lauten: »Außerhalb der Liebe kein Heil.«

Liebe, Gerechtigkeit

Pestalozzi, Marx und andere haben den Mißbrauch der christlichen Liebeslehre durch herrschende Klassen aufgedeckt. Aber Liebe hört nicht auf, zart und genau zu sein, d. h. Gerechtigkeit zu wollen. In ihrer Verzweiflung und zur

Empörung christlicher Unterdrücker greift sie in extremen Fällen auch zu den Waffen und riskiert dadurch den Verrat an sich selber. Für Nichtbetroffene ein gewagtes Spiel, das leicht zu kritisieren ist, auch von Jesus her. Doch sehe der scheinbar Nichtbetroffene zu, daß er mit einem Mal nicht Komplize der Unterdrücker ist! So erzählte Ernesto Cardenal in einem Interview 1977 über seine jungen Freunde in Nicaragua: »Eines Tages hat sich eine Gruppe von Jungen und Mädchen aus Solentiname – einige auch aus meiner Gemeinde – aus tiefer Überzeugung und nach langer und reiflicher Überlegung dazu entschlossen, zu den Waffen zu greifen. Sie haben es einzig und allein im Verlangen nach dem Reich Gottes getan, in dem Wunsch, daß sich eine gerechte Gesellschaft ergebe, ein wirkliches und konkretes Reich Gottes auf Erden. Als die Stunde gekommen war, kämpften die Jungen und Mädchen mit aller Kraft, aber sie taten es auf eine christliche Weise. An jenem Morgen in San Carlos versuchten sie mehrmals, sich mit Hilfe eines Lautsprechers mit den Soldaten auseinanderzusetzen, damit sie nicht gezwungen würden, auch nur einen einzigen Schuß abzugeben. Aber die Soldaten antworteten mit schwerem Geschütz, und so mußten sie ihnen die Waffen wegnehmen ... Ich beglückwünsche mich zu diesen jungen Christen, die ohne Haß gekämpft haben – vor allem ohne Haß auf die Soldaten, arme Bauern wie sie selbst, ausgebeutet auch sie. Wir hätten uns gewünscht, daß es keinen Kampf in Nicaragua gegeben hätte. Aber das hängt nicht vom unterdrückten Volk ab, das sich nur auf diese Weise verteidigen kann. Eines Tages wird es keinen Krieg mehr geben in Nicaragua, werden keine Bauern-Soldaten andere Bauern töten, wenn es mehr Schulen gibt, Kindergärten, Krankenhäuser und Kliniken für alle, Ernährung und Wohnung für alle, Freude und Kunst und Unterhaltung für alle und – das Wichtigste – Liebe unter allen.« Riskante Worte, weil sie, mit einigen Retouchen, von Machthabern zugunsten ihrer eigenen Macht mißbraucht werden können, tatsächlich auch oft mißbraucht werden: Man muß ein solches Zeugnis mit jener Betroffenheit hören lernen, die Jesus einst sagen ließ: »Wer unter euch ohne Sünde (hier: ohne gewalttätiges Denken, Handeln) ist, werfe den ersten Stein auf sie.« (Johannes 8, 7)

Mit Waffen?

Mit Waffen für das Reich Gottes auf Erden kämpfen? Das haben schon viele zu tun versucht. Ist das Resultat selbst der tapfersten Kämpfe je das irdische Reich Gottes gewesen? Gewiß: ob mit Waffen gekämpft werden muß, »das hängt nicht vom unterdrückten Volk ab, das sich nur auf diese Weise verteidigen kann.« (Cardenal) Wird jedoch dem Kampf gegen die Unterdrückung und für eine bessere Gerechtigkeit ein Dienst erwiesen, wenn er zum Kampf für das Reich Gottes hochstilisiert wird? Mir widerstrebt es, vom privilegierten Schreibtisch aus Zweifel anzumelden. Soll ich deswegen meine Zweifel verschweigen? Ausweg: ich lasse einen Mann sprechen, der ebenfalls gegen Unterdrücker gekämpft hat, der die Motivationen, Leidenschaften eines solchen Kampfes genauso kennt wie dessen Leiden und Euphorien: »Ich habe nichts vorgebracht, was, wenn die Euphorie zuendegeht, die Gefahr des Absturzes aus der Höhe brächte. Unterliegen ist die Gefahr, aber um eines leuchtenden Ediktes willen.« (René Char)

Passion z.B. 1973

Der Hohe Rat der Unternehmer und ihrer Generale entschied: ein Präsident soll kein Freund der Armen, er soll Komplize der Reichen sein! Der Hohe Rat fällte sein Urteil: des Todes schuldig! Das Urteil wurde sogleich vollstreckt, am Präsidenten zuerst, danach an 20 000 Chilenen. Hierauf begab sich der Hohe Rat geschlossen und dankbar zur Heiligen Messe, beugte seine Kniee vor dem Gekreuzigten. Von Pastor Wurmbrand traf telegrafisch ein Glückwunsch ein. Und siehe, der Kupferpreis stieg, das Weiße Haus und die Multis atmeten auf, Lehrer frohlockten in bernischen Schulen: »Endlich wieder Ruhe und Ordnung in Chile!«

Utopie, Realismus

Die christliche Utopie meint die Herrschaft der Liebe. Dennoch bleibt diese Utopie in bezug auf unsere Weltzeit realistisch: sie verkündet die Liebe als eine gekreuzigte.

Geschichte

Sind die Millionen von Juden, die im Nazireich getötet worden sind, vielleicht, wie Mircea Eliade es für möglich hält, die Avantgarde einer Menschheit, »die darauf wartet, vom Willen der ›Geschichte‹ eingeäschert zu werden«? Eliade merkt dazu an: » . . . die Ursache solcher Katastrophen oder der Vorwand dazu liegen im Entschluß des Menschen, ›Geschichte zu machen‹. Und die ›Geschichte‹ ist eine judäo-christliche Schöpfung.« Falls das zutrifft, hat die »Geschichte« ihre inzwischen erschöpften »Schöpfer« düpiert und wendet sich jetzt ebenso gegen ihre Macher, wie diese sich einst gegen den gewendet haben, der sagte: »Siehe, ich sende euch wie Schafe unter die Wölfe.« (Matthäus 10, 16) Diesen Satz haben christliche Geschichte-Macher in sein Gegenteil verkehrt, sind als Wölfe über Schafe hergefallen. Grund genug, um festzuhalten, daß Jesus, wie aus dem Kontext hervorgeht, mit »Wölfen« nicht Atheisten, sondern gläubige Juden im Auge gehabt hat. Und bald schon hätte sein Sendungswort lauten müssen: »Siehe, ich sende euch wie Schafe unter die christlichen Wölfe.«

Babylonische Gefangenschaft

Verfolgt unsere Kirche ein anderes Ziel außer demjenigen, ihre gesellschaftliche Unentbehrlichkeit unter Beweis zu stellen? So aber macht sie die Gesellschaft zum Richter über sich und verinnerlicht die jeweils herrschenden Wertmaßstäbe, d. h. die Wertmaßstäbe der jeweils Herrschenden. Resultat: die Kirche als Dienstleistungsbetrieb (nicht etwa für Menschen, vielmehr) für die Mächtigen, zur Stabilisierung ihrer Macht. Und »nicht zum erstenmal in der Geschichte der Menschen zeigte sich, daß die wirtschaftlichen Bedingungen stärker sind als die schönsten Predigten.« (Rosa Luxemburg)

Anti-Pfingsten

»Das Verhängnis des Gläubigen ist die Begegnung mit seiner Kirche. Uns zum Nachteil, denn von nun an wird er nie wieder vom Grunde her brüderlich sein-.« (René Char)

Grund und Boden

Längst hat unsere Kirche aufgehört, Gott als den Eigentümer von Grund und Boden zu bekennen. Damit hat sie, biblische Überzeugung verleugnend, vor dem Besitzdenken des römischen Rechts kapituliert – und dies so vollkommen, daß ihr die Kapitulation nicht einmal mehr bewußt ist und die Mehrzahl der Christen das Privateigentum an Grund und Boden heute für einen christlichen Glaubensartikel hält. Mitbeteiligt an dieser Umdrehung biblischer Glaubenssätze in ihr Gegenteil ist eine Theologie, die von Gott als dem Schöpfer der Erde sprechen kann, ohne diesem ersten Satz sogleich den notwendig aus ihm folgenden zweiten nachzuschicken, nämlich, daß Grund und Boden Eigentum dessen bleiben müssen, der sie geschaffen hat, anstatt Handelsware, Ausbeutungsmittel zu werden in den Händen von Leuten, die an sich reißen, was sie nie geschaffen haben können. Dieses Versagen der Theologie ist allerdings kein Wunder, war sie selbst doch immer wieder privilegierte Nutznießerin des Bodenraubs (= seiner Privatisierung). Kein Wunder aber auch, daß manche nicht mehr viel halten von einem Schöpfungsglauben, der sozial so irrelevant blieb.

Unter der Hintertreppe

Theologisches Denken hat keinen sozialen Ort mehr, auch nicht in der Kirche. Hierzulande sind Kirchengemeinden, weil sie allzulange nur Rezipienten universitärer Theologie sein durften, des theologischen Denkens entwöhnt. So produzieren sie längst schon keine Theologie mehr, sie können einzig bürgerliche Moral reproduzieren und werden deswegen von der Theologie, die dafür doch die Verantwortung trägt, verachtet. Sowohl in der Degradation der Gemeinden zu bloßen Rezipienten wie in der Verachtung der Gemeinden um ihrer Verbürgerlichung willen verrät sich die feudalbürgerliche Situation der Theologie selbst. Ohne sozialen Ort steht theologisches Denken jetzt eben im Abseits. Seine Hoffnung: daß Sterben im Abseits jene Art von Auferstehung nicht ausschließt, die kein Abseits kennt.

Apparat

Heillos gesund überlebt der kirchliche Apparat das Verschwinden Gottes aus ihm. Er hat es nicht einmal bemerkt.

Soziale Poesie

Einträchtig sind christliche und atheistische Ethiker am Werk, um uns die Kirche als moralische Anstalt einzureden, jene in der Absicht, sie dadurch zu legitimieren, diese in der Hoffnung, sie als unglaubwürdig entlarven zu können. Wie aber, wenn die Kirche nicht so sehr als moralische Anstalt, vielmehr als ein »work in progress« sozialer Poesie verstanden sein wollte?

Hölzernes Eisen

Nach 1. Johannes 4, 18 treibt die vollkommene Liebe die Furcht aus, darum auch die Moral, denn Moral ist Furcht. Furcht und Moral beginnen, wo Liebe aufhört. Furcht und Moral hören auf, wo Liebe beginnt. Insofern ist »christliche Moral« ein hölzernes Eisen.

Verbalinspiration

Die Vorstellung, Gott habe die Bibel wortwörtlich inspiriert, verrät ein subalternes Denken, das sich Außergewöhnliches nur als hierarchisches Diktat zu erklären vermag.

Protestantisch

Fürs Auge ist wenig los in protestantischen Gottesdiensten, man muß ganz Ohr sein.

Kirche

Ist das Wort der Vater, dann Umkehr die Mutter der Kirche.

Im Abseits

Das bürgerliche Prinzip der Selbstzwecklichkeit des Individuums hat unsere Gesellschaft und ihre Kirchen atomisiert. Am 22. Juny 1781 schrieb Goethe in einem Brief an Lavater: »... Laß mich Nervenbehagen nennen, was du Engel nennst.« Aus diesem launisch entmythologisierenden, individualisierenden Satz spricht das bürgerliche Prinzip in frohgemuter Heiterkeit. Seither ist das Nervenbehagen geschwunden, Unbehagen kam auf, Vereinzelung verschärfte sich zur Entfremdung. Manche sind deshalb versucht, die Bürde individueller Selbstzwecklichkeit abzulegen, um sich in die Arme eines Kollektivs zu werfen. Doch dessen Arme bergen nicht nur, sie erdrücken, ersticken bald auch. Was also bleibt? Für jeden sein eigenes Abseits? Abseits auch der Aufenthalt unter der Hintertreppe der Engel? Im Fußball allerdings ist Abseits eine zu avancierte Position.

Ewiges Leben

Im Neuen Testament ist ewiges Leben nicht erst postmortales, sondern qualitativ besseres Leben, das in der Gegenwart beginnen kann, beginnen muß. Deshalb ergeht der Ruf zur Umkehr. Er richtet sich primär an Einzelne, ewiges Leben meint die Person. Diesen Personalismus verzeihen die Kollektivismen dem Christentum nicht, wohl zu Recht, bleibt er doch der entschiedenste, hartnäckigste Widerspruch gegen jeden Kollektivismus, für den der Einzelne, die Person wenig zählt. Daß Gott sich, nach christlicher Lehre, nicht in einem Kollektiv, sondern im konkreten Einzelmenschen Jesus inkarniert hat, unterstreicht den »ewigen«, d. h. durch nichts ersetzbaren Eigenwert der menschlichen Person noch.

Stadt Gottes

Gott, »alles in allem« geworden, wird Stadt, wird Polis sein (Offenbarung 21). Weder die Selbstzwecklichkeit des Individuums noch die Selbstzwecklichkeit des Kollektivs wird triumphieren, sondern das herrschaftsfreie Zusammenspiel der Einzelnen, die communio:

»Eine Stadt ohne Klassen
die Freie Stadt
wo Gott *alle* ist
Er, Gott-mit-allen (Emmanuel)
die Stadt, in der wir die Menschlichkeit
Gottes erfahren.«

(Ernesto Cardenal)

Kommunion

Unverbraucht leuchtet das Unbrauchbare. Fasane spazieren über den Abendmahlstisch. Franziskus ist als Eule wiedergekommen. Tontrauben wachsen in Bogengewölben. Verwundert reinigt sich Olivier Messiaen die randlose Brille: heitere Menschen sind zum göttlichen Picknick gelagert. Wir sind in einer der Vorstädte Gottes.

Distinktionen

Unter der Hintertreppe der Engel lernte ich: Gewalt bleibt plump und summarisch, Liebe wird zart und genau. Ferner: jene ist unerbittlich, aber bestechlich, dieser erbittlich, aber unbestechlich.

Im Abfall

Nur ein Narr wird den Ort unter der Hintertreppe für eine der Vorstädte Gottes halten. Noch kauern wir hier im Staub, im Abfall unserer Schuld.

Pseudostoiker

Geschlagen, gestreichelt vom Bewußtsein meiner Nichtswürdigkeit, tarne ich mich mit dem Habitus, dem »Anzug« eines Stoikers, den ich überhaupt nicht mag.

Gebet

»Gott, gib den Trinkern Schnaps, wenn sie beim ersten Licht
In Satans Armen lallend um sich spähen
Und trüben Auges hinterm Fenster sehen
Den Tag, der furchtbar auf sie niederbricht.«

(Malcolm Lowry)

Schuld

Zuerst die Sorge, nicht genügen zu können, dann die Einsicht, tatsächlich nicht zu genügen. Schuld? Ein zu großes Wort für das, was wir kleinen Leute halt tun, was uns widerfährt in dieser entfremdeten, darum entfremdenden Welt. So wurde »Schuld« zu einem Begriff, der einerseits in die Sakralsprache entrückt, andererseits in das Strafrecht verbannt worden ist. Dazwischen: die Grauzone mickrigen Unvermögens, das uns auf die Dauer nicht weniger zermürbt, erniedrigt, verdirbt. Begegnet hier die Mikrostruktur dessen, was das große Wort »Schuld« allenfalls meint? Oder ist es die Mikrostruktur eines heillosen Risses zwischen der

Welt und uns Menschen, sichtbar werdend unter dem Mikroskop alltäglicher Banalitäten?

Säue hüten

In der nächlichen Gasse rempelt ein Besoffener einen Nüchternen an, duzt ihn natürlich: »He, du da ...« Beleidigt von solcher Vertraulichkeit repliziert der Nüchterne: »Seit wann haben wir Säue gehütet zusammen?« Als ob Säue hüten eine Schande wäre! Außerdem: sub specie Dei haben wir alle Säue gehütet, hüten sie noch.

Umgang

Jesus lehrt, den Mitmenschen realistisch anzunehmen, so wie er ist, und ihn dennoch in der Perspektive seiner Möglichkeiten, d. h. in Hoffnung, zu sehen.

Irrtum

Das dualistische Denken, das Geist und Körper trennen lehrte, hat uns jenen als Subjekt, diesen als Objekt aufgeschwatzt. Dementsprechend betrachtet die industrielle Arbeitswelt den menschlichen Körper als Instrument und deren Medizin behandelt ihn als Apparatur. Erst das Sterben stellt diesen Irrtum, wenn auch zu spät, richtig. »Denn der so genannte Leib ist der Teil der Seele, der durch die fünf Sinne wahrgenommen wird; die äußersten Tore der Seele in dieser Zeit.« (William Blake)

Theogustie

»Schmeckt und seht, wie gut ER ist.« (Psalm 34, 9) Gott, der sich in Sinnlichkeiten mitteilt (zart und genau!), möchte auch sinnlich erfahren, sinnlich gelobt sein? Was für ein Rätselwort! Zu entsinnlicht ist Theologie, als daß sie es deuten, als daß sie zur Theogustie anzuleiten vermöchte.

Heiliger Geist

Was ist der Heilige Geist? Ein Materialist im idealistischen Exil, der auf Möglichkeiten zur Heimkehr in die Materie, d. h. zur Inkarnation und Vergesellschaftung sinnt.

Körperkirche

Die Kirche des Geistes sind unsere Körper, schrieb der Epileptiker einst nach Korinth (1. Korinther 6, 19). Erst später: Kirchen aus Stein.

Sinne als Sinn

Im neuen Aeon werden die Sinne der Sinn, wird außerhalb der Sinne kein Sinn sein. Das meint die paulinische Formel »Jetzt im Glauben – einst im Schauen« (2. Korinther 5, 7) zum mindesten *auch*.

Gegenwart

Wer das Heimweh nach der guten Zukunft Gottes nicht als Heimweh nach guter Gegenwart versteht, muß sich fragen lassen: »Gott – ist das nicht das Geheimnis des menschlichen

Lebens, an dem der Mensch gewöhnlich vorbeigeht?« (Ferdinand Ebner)

Das Unmögliche

Gott kann nicht definiert werden, sagte der reformierte Theologe Polanus zu Recht. Dennoch kann man in die Lage kommen, das Unmögliche versuchen zu müssen. Ungestraft liefert sich keiner demjenigen aus, den Nicolaus von Cues »die Notwendigkeit des Unmöglichen« nannte. Selbst der neutestamentliche Satz »Gott ist Liebe« (1. Johannes 4, 8.16) bezeugt nichts anderes als die Notwendigkeit des Unmöglichen.

Du

Ich sage: Du. Manche wenden ein: Wunsch-Du! Andere: Imagination! Ist Du am Ende Ich? Vielleicht auch: alle andern? Oder: Du in mir, in den andern? Heute wurde ich gefragt: »Glauben Sie tatsächlich, daß Gott Person ist?« Darauf ich: was verstehen Sie unter Person? Immer diese Versuche, Dich auf einen Begriff zu bringen. Warum solltest Du nur gerade Person sein (was immer das heißen mag)? Warum nicht auch: Geschehen? Möglichkeit? Oder ebenso: Akt? Schwingung? Warum nicht etwas, wofür unsere Sprachen kein Wort, schon gar nicht ein Hauptwort haben? Warum mußt Du immer in unsere Kuchenbackform passen? Aber eben: dann stehe ich da, verdutzt und ratlos, zu keiner Antwort fähig auf Fragen wie: »Glauben Sie tatsächlich, daß Gott Person ist?« Ich denke an neapolitanische Buben, die Professoren einst »Begriffi« nannten, ohne zu wissen, was das bedeutet, sie hörten nur, wie die Herren, Hegelianer damals, andauernd über »Begriffe« disputierten. Oft scheint mir, ich säße unter der Hintertreppe neapolitanischer Bengel und hörte sie frotzeln: »Begriffi! Begriffi!«

Frauschaft

Vermutlich ist in der Herrschaft Gottes, wie Jesus sie verkündet hat, mehr Frauschaft als wir bisher denken wollten.

Das messianische Paar

In einer Zeit und Gesellschaft, die den Frauen rechtliche wie religiöse Mündigkeit abgesprochen hat, konnte Gottes Wort, sollte es öffentlich kundgemacht werden, nur in einem *Manne* »Fleisch«, d. h. Mensch werden (Johannes 1, 14). Muß christlicher Glaube deswegen für immer auf männerrechtliche Vorstellungen festgelegt bleiben? Sollte z. B., unter veränderten gesellschaftlichen Voraussetzungen, die Wiederkunftshoffnung sich auch einen weiblichen Messias vorstellen dürfen? So haben Saint-Simonisten einst von einer »femme-messie« gesprochen. Ähnlichen Ideen (»Restauration des Menschengeschlechts durch das Weib«; »Gleichsam eine zweite Ankunft des Christs«) war auch Franz von Baader zugeneigt. Einleuchtender, weil bibelnäher schiene mir, im Vorstellungsfeld der Wiederkunfterwartung an ein Messias-*Paar* zu denken, welches das Ende jeder einseitigen Geschlechterherrschaft, vielleicht das Ende jeglicher Herrschaft von Menschen über Menschen darstellen könnte. Wird in der neutestamentlichen Typologie nicht vom letzten, vom zweiten Adam (1. Korinther 15, 45.47) gesprochen? Ein patriarchalisch nicht mehr voreingenommenes Denken dürfte sich die Frage wohl schon erlauben: wo ist die letzte und zweite Eva geblieben? Oder eben: wo bleibt das endzeitliche Paar, das dem urzeitlichen der Schöpfungssage rechtens entspricht, falls man den Satz beim Wort nehmen will: »Nach dem Bilde Gottes schuf ER den Menschen; als Mann *und* Frau schuf ER sie.« (1. Mose 1, 27)

Herrschaft der Freiheit

Käme der Tag, wo ER »alles in allem« sein wird (1. Korinther 15,28), so wäre ER als Panarch auch Anarch: Herrschaft löste sich auf in eine Ordnung, die freierdings spielt, ohne Befehle und Lenkung.

Schweben, Fliegen

Sich mühelos erheben, sich aufschwingen können, Schweben, Fliegen: nie erlebe ich diesen Vorgang in meinen Träumen unter dem Aspekt des Entfliehens. Im Gegenteil: ich fliege nicht *fort*, fliegend bin ich besser, intensiver *hier*! Religionsgeschichtlich ist Schweben, Fliegen meistens dem Zustand »Himmel« zugeordnet. Nach meiner onirischen Hermeneutik wäre »Himmel« demnach nicht eskapistisch, auch nicht transmundan zu verstehen, eher als eine Verwandlung, Durchleichtung dessen, was ist, was auch ich bin.

Vor Tag

Keine Bewegung, doch Helligkeit, die von Osten her den Himmel allmählich verändert, Häuserfassaden in deren Höhe berührt. Noch verharren Erinnerung und Erwartung wie ungeschieden, »Du gehst durch eine Straße von Chikago, heute, im Jahre 1923, aber ich lasse dich den verstorbenen Velodorsky grüßen, der dich, im Jahre 1918, in einer Straße von Petrograd seinerseits grüßt.« (Dziga Vertov) Im fahlen, noch keine Schatten werfenden Licht: Revenants, die lautlos über Straßenkreuzungen oder durch Gassen gehen. Einer winkt, einer lächelt, ein dritter will mich nicht wiedererkennen, andere habe ich nie gekannt. Als probten sie Auferstehung. So diskrete Helligkeit könnte deren Medium sein. Manches erscheint jetzt ohnehin in seiner Möglichkeitsform. Vergiß also nicht, Velodorsky zu grüßen. Oder heißt der Tote jetzt anders, heißt Schertenleib und hat mich 1935 in einer Seitengasse von Riga gegrüßt? So lang ist das her, doch Grund genug, mich wieder nach Riga zu wünschen, wo ich noch nie gewesen. Gold im Mund und Riga, ein himmlisches fast, vor Augen: die Helligkeit, leuchtender schon, übergleitet die Grenze zum Morgen eines neuen Tages. Letzte Revenants enthuschen, erste Menschen tauchen auf, jene lautlos, diese noch leise, doch hörbar. Erinnerung und Erwartung trennen sich, gehen bis zum Abend wiederum eigene Wege.

Wunsch

Daß Gott ein Tätigkeitswort werde.

Inhalt: